Deseo™

D0680682

La hija del millonario

PAULA ROE

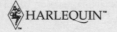

HARLEQUIN™

Editado por HARLEQUIN IBÉRICA, S.A.
Núñez de Balboa, 56
28001 Madrid

I.S.B.N.: 978-84-671-9975-8
Depósito legal: B-6762-2011
Editor responsable: Luis Pugni
Preimpresión y fotomecánica: M.T. Color & Diseño, S.L.
C/ Colquide, 6 portal 2 - 3º H. 28230 Las Rozas (Madrid)
Impresión en Black print CPI (Barcelona)
Fecha impresion para Argentina: 10.10.11
Distribuidor exclusivo para España: LOGISTA
Distribuidor para México: CODIPLYRSA
Distribuidores para Argentina: interior, BERTRAN, S.A.C. Vélez
Sársfield, 1950. Cap. Fed./ Buenos Aires y Gran Buenos Aires,
VACCARO SÁNCHEZ y Cía, S.A.
Distribuidor para Chile: DISTRIBUIDORA ALFA, S.A.

Capítulo Uno

–¿No le habrás dicho que sí? –preguntó Yelena Valero, girándose para ver el semblante de su jefe–. Dime que no has dicho que Bennett & Harper RR.PP. va a aceptar como cliente a Alexander Rush.

–No –respondió Jonathon Harper, arqueando las pobladas cejas y recostándose en su sillón de piel–. Has sido tú la que le has dicho que sí. Rush ha dejado claro que o trabaja contigo, o nada.

Ella se sintió desorientada, se le aceleró el corazón.

–Jon… ya sabes que estuvo saliendo con mi hermana…

–Y no me importa lo más mínimo. Lo conoces desde que tienes… ¿cuántos?, ¿quince años?

–Sí, pero de verdad que pienso que…

–Aquí están sus recortes de prensa –añadió Jonathon, dejando una carpeta encima del escritorio–. Esto no es negociable, Yelena. Te di seis meses libres sin hacerte preguntas. ¿Ahora quieres que te tengamos en cuenta como socia? Pues hazle un hueco en tu agenda.

Dicho aquello, Jonathon volvió a mirar la pantalla de su ordenador.

Yelena lo fulminó con la mirada antes de tomar la carpeta y darse la vuelta.

Cuando llegó al pasillo, sus tacones golpearon con furia el frío suelo de pizarra.

Entonces se detuvo y miró la puerta cerrada del despacho que había al final del pasillo. Si hubiese sido socia de Jonathon, su igual, éste no habría jugado con ella. Pero su jefe parecía pensar que el hecho de conocer a Alex del pasado era una ventaja, mientras que ella pensaba que iba a ser como un choque de trenes.

Cerró los ojos y respiró hondo.

«Uno, dos, tres». Se le hizo un nudo en el estómago, sintió miedo y...

«Cuatro, cinco, seis».

... una especie de euforia al mismo tiempo. «Espera, ¿qué?».

Frunció el ceño.

«Ocho, nueve».

«Diez».

Exhaló y volvió a respirar. Su técnica de relajación por fin empezó a surtir efecto, se le apaciguó el pulso, su respiración empezó a ser más regular.

Abrió los ojos despacio y centró la vista en la puerta. Alex Rush representaba lo desconocido. No obstante, necesitaba desesperadamente aquel ascenso. La libertad que le daría sobrepasaba con mucho cualquier compensación económica. Libertad para trabajar cuando quisiera, desde casa. Para escoger sus propios clientes. Para demostrar a sus padres, de mentalidad demasiado tradicional, que no necesitaba un marido rico que le comprase vestidos y le pagase los tratamientos de belleza. Y, sobre todo, lo necesitaba para ser una madre de verdad.

Puso la espalda recta y giró el cuello dolorido. Luego recorrió el resto del pasillo con paso decidido hasta llegar a su despacho.

Alex Rush esperó solo en el sencillo despacho de Yelena, dándole la espalda a la puerta. Sabía que la enorme ventana, que daba al parlamento de Canberra, enmarcaba su imponente altura y tendría un efecto estratégico. En aquella soleada mañana de agosto, Alex necesitaba todo el poder y la autoridad que proyectaba su altura, necesitaba que ella estuviese en desventaja, tenía que demostrarle que era él quien tenía el control y la última palabra.

Su confianza se había debilitado brevemente, pero enseguida había apartado todas sus dudas. «No hay tiempo para arrepentirse». Yelena y su hermano Carlos se habían cavado su propia tumba, y la culpa era sólo de ellos.

Oyó el ruido de unos tacones y un segundo después, la puerta se abrió.

«Que empiece el juego».

A Alex le irritó que se le acelerase el corazón.

–Jonathon me ha dicho que has querido verme a mí personalmente, Alex. ¿Te importaría explicarme por qué?

Él se giró despacio, preparándose para la batalla. Para lo que no estaba preparado era para soportar el impacto que la imagen de Yelena Valero causaba siempre en él. Notó calor en las venas y volvió a sentirse como si fuese un adolescente, y como si estuviese viéndola por primera vez.

Yelena era impresionante. Era cierto que, para cualquier experto en moda, tenía demasiadas curvas, el pelo demasiado salvaje, la mandíbula demasiado cuadrada y los labios demasiado carnosos en comparación con su hermana pequeña. Pero a él siempre se le cortaba la respiración cuando la veía.

«Ya no tienes diecisiete años. Yelena te dejó tirado, te traicionó, poniéndose del lado de Carlos, que está decidido a acabar contigo. Sólo quieres utilizarla para darle su merecido al cerdo de su hermano».

La ira lo invadió, cegándolo por un instante, hasta que consiguió dominarla.

Nadie sabía que llevaba años perfeccionado una máscara a prueba de balas. Y no iba a quitársela en esos momentos, ni siquiera al sentir la tentación de acercarse y besar a Yelena.

–¿Quién te ha dejado entrar en mi despacho? –le preguntó ella de repente.

–Jonathon.

Yelena guardó silencio y frunció ligeramente el ceño.

–Ha pasado mucho tiempo –comentó él.

Ella lo miró como si quisiese descifrar qué había oculto detrás de aquellas palabras.

–No me había dado cuenta –le contestó, mirando su escritorio antes de volver a mirarlo a él.

Aquello lo enfureció. Él no había hecho otra cosa, más que contar el tiempo desde que su pesadilla había empezado. Todo su mundo se había venido abajo el día de Nochebuena y Yelena… había seguido con su vida, como si él sólo hubiese sido un obstáculo en su carrera hacia lo más alto.

Notó dolor en las manos y bajó la vista. Tenía los puños apretados.

Juró en silencio y se obligó a relajarse. La recorrió con la mirada, sabiendo que eso la molestaría. La imagen de Yelena, desde los zapatos negros de tacón alto, el traje de chaqueta gris y la camisa rojo fuego que llevaba debajo, era la de toda una profesional. Llevaba el pelo recogido hacia atrás e iba poco maquillada. Hasta sus joyas, unos pequeños aros de oro y una cadena sencilla con el conocido ojo azul de Horus, reflejaban autocontrol. No se parecía en nada a la Yelena que él había conocido, la mujer de besos salvajes, piel caliente y seductora risa.

La mujer que lo había dejado cuando lo habían acusado de haber matado a su propio padre.

La vio fruncir el ceño y cruzarse de brazos, y eso le hizo volver al presente.

–¿Has terminado?

Él se permitió sonreír.

–Ni mucho menos.

Antes de que a ella le diese tiempo a decir nada, Alex se apartó de su camino y fue a sentarse.

Ella se instaló detrás del enorme escritorio, sin dejar de mirarlo como un gato analizando un posible peligro. La hija privilegiada y mimada del embajador Juan Ramírez Valero parecía recelosa, y eso lo sorprendió.

–Bonito despacho –comentó Alex, mirando a su alrededor–. Bonito escritorio. Debe de haber costado caro.

–¿De todos los agentes con experiencia de Bennett & Harper, por qué has preguntado por mí? ¿No va a incomodarte nuestro pasado?

–Veo que sigues siendo tan directa como siempre –murmuró Alex.

Ella se cruzó de brazos y esperó su respuesta.

–Eres una de las mejores –le dijo Alex, jugando deliberadamente con su vanidad–. He visto tu campaña para ese cantante… Kyle Davis, ¿no? Creo que lo que puedes hacer por mí va más allá… –hizo una pausa y bajó la vista a sus labios antes de volver a fijarla en sus ojos– de nuestra historia pasada.

Ella lo miró a los ojos sin parpadear. Era la primera vez que lo sometía a su mirada de «Reina del silencio», pero había visto cómo miraba así a otros. Era una mirada que utilizaba para poner nervioso y avergonzar, por norma general después de un comentario inapropiado o grosero. Y era tan fría como las antiguas espadas de acero que adornaban el estudio de su padre.

Él le mantuvo la mirada hasta que Yelena se vio obligada a romper el silencio.

–¿Para qué me estarías contratando exactamente?

–Eres conocida por tus enfoques positivos. Y, por supuesto, por tu discreción.

–¿Te estás refiriendo a ti?

–Y a mi madre y mi hermana.

–Ya veo.

Yelena se mantuvo tranquila mientras él cruzaba primero las piernas y después, los brazos. Una imagen perfecta de confianza y control masculinos, que le hizo recordar las semanas de pasión furtiva que habían compartido como si todo hubiese sido un sueño.

Los fantasmas del pasado volvieron a alzarse, sorprendiéndola. Alex Rush había sido algo prohibido, pero eso no había impedido que se enamorase de él, del novio de su hermana.

Tragó saliva. «Relájate». Había ido a verla por negocios, nada más. Lo que habían compartido había sido breve. Y había muerto y estaba enterrado desde hacía mucho tiempo.

–Me lo debes, Yelena.

Ella lo miró fijamente, lo maldijo por hacer que se sintiese culpable. Mientras luchaba contra su conciencia, él añadió:

–Y conoces a mi familia, lo que te facilitará el trabajo.

–No demasiado.

–Más que la mayoría –replicó Alex–. Y tú y yo nos conocemos bien.

Aquello sonó más sórdido de lo debido. Sus ojos azules, unidos a la profundidad de su voz, hicieron que Yelena se estremeciese. Fue una sensación horrible y maravillosa al mismo tiempo.

–¿Tu silencio quiere decir que me aceptas como cliente? –añadió.

Ella apartó la mirada de la de él y tomó un bolígrafo, por hacer algo con las manos.

–Sería una locura rechazar al hijo de William Rush, fundador de la principal compañía aérea de Australia –le respondió en tono tranquilo.

No era necesario dar más explicaciones, ni confirmarle que su jefe la había obligado a aceptarlo.

Instintivamente, Yelena se llevó la mano al colgante, y Alex siguió el movimiento con la mirada.

Ella se quedó inmóvil de repente. Alex conocía sus tics nerviosos y ya le había dicho años antes que se podía mentir con las palabras, pero no con el cuerpo. Con aquel tic, reflejaba su inseguridad. Que estaba perdida. Confundida.

Él levantó la vista a su rostro y, de repente, Yelena recordó, sintió que se ruborizaba y notó calor en lugares recónditos de su cuerpo que llevaban ocho meses aletargados.

–¿Has hablado de los detalles con Jonathon? –le preguntó, sacando su agenda.

–No.

–De acuerdo –abrió el cuaderno y apuntó un par de cosas, luego, levantó la vista–. Necesito un par de días para formar un equipo, y puedo volver a verte la semana que viene…

–No –la interrumpió él, inclinándose hacia delante.

A pesar de estar separados por el enorme escritorio, Yelena se sintió vulnerable, como si Alex fuese a darle la vuelta en cualquier momento para besarla.

Se le aceleró el pulso. Era ridículo. Alex Rush estaba allí como cliente. Ella lo trataría con profesionalidad, conseguiría el ascenso y seguiría con su vida. Aquello ya no era algo personal.

—¿No puedes venir la semana que viene? —le preguntó.

—Tenemos que empezar ahora. Jonathon me aseguró que sería tu prioridad.

Ella apretó la mandíbula y maldijo a su jefe en silencio.

—Está bien. Empecemos.

—Bien —dijo él, apoyando los codos en las rodillas, sin dejar de mirarla—. Como sabes, el apellido Rush ha recibido bastante publicidad negativa durante los últimos meses.

«Menudo eufemismo», pensó Yelena.

—Tengo entendido que te han interrogado y que fuiste sospechoso, pero que no se te acusó formalmente de la muerte de tu padre. Al final, se dictaminó que había sido accidental —le dijo.

Él entrecerró los ojos.

—Muchas personas, y algunos medios de comunicación, siguen pensando que lo asesiné yo.

«Yo, no». Yelena estuvo a punto de decírselo, pero se contuvo.

—Lo siento, Alex.

—¿No vas a preguntármelo? —inquirió él en tono cínico.

—No me hace falta.

—Ah, claro que no. Tú eras mi coartada. O al menos lo habrías sido si no te hubieses marchado repentinamente del país esa misma noche.

–Alex… –respondió ella, notando que se le volvía a abrir la herida–. Intenté…

–Por cierto, ¿qué tal las vacaciones? Te fuiste a Europa, ¿verdad? –le dijo él en tono educado, pero con cierto desdén.

–¿Mis…?

Alex no lo sabía. ¿Cómo iba a saberlo? Al final, el padre de Yelena no había hecho el comunicado de prensa, aunque ella se lo había suplicado. Si alguien se interesaba por el tema, decían que Gabriela se había ido a hacer turismo por Asia, lejos de todo.

Como siempre habían querido ellos.

–¿Qué? –le preguntó él–. Supongo que alguna situación de importancia vital te hizo marcharte sin que te diese tiempo ni a hacer una llamada de teléfono.

Ella contuvo su ira.

–Estaba con Gabriela.

–Ya veo. ¿Y qué tal está mi ex novia? Supongo que ya se ha buscado otro acompañante, porque no he tenido noticias suyas.

Yelena decidió que tenía que poner fin a aquello y golpeó el escritorio con ambas manos.

–No vayas por ahí, Alex –le advirtió–. Me has contratado para que haga un trabajo. Si quieres que así sea, tenemos que dejar nuestras vidas personales al margen, incluidos los problemas entre Carlos y tú.

–¿Y qué problemas son ésos? –inquirió él.

–No tengo ni idea. Hace dos meses que no lo veo.

¿Sabía Alex lo que le dolía que su hermano Carlos no estuviese en su vida? A excepción de un par de comentarios que había oído, no sabía cuál era la relación de su hermano con Alex desde que este último había vuelto a Canberra. Tanto mejor. El año anterior, Yelena había madurado mucho. Había sido madre y se había independizado. También había conseguido librarse de la influencia de su hermano mayor. Y había evitado pensar en Alex, prefiriendo no saber qué hacía ni con quién salía.

Mientras él la observaba con atención, fue como si la atmósfera se fuese desintegrando poco a poco. Era como… estar a la expectativa. Como si Alex quisiera hacerle un millón de preguntas pero algo lo contuviese. Aquél no era el Alex que ella conocía.

—Tengo que hablar con tu familia —le dijo Yelena de repente.

Y, así, sin más, se rompió la tensión.

—Por supuesto —contestó él, y la expresión de su rostro se suavizó—. Tengo un vuelo reservado a las once —se miró el reloj—. A las diez pasará a recogerte un coche por tu casa.

—¿Perdona? Pensé…

—Tú y yo. Tenemos un vuelo a las once —le repitió él—. Tienes que reunirte con mi familia, tus clientes. Están en Diamond Bay.

—¿El complejo turístico?

—Eso es. No me hagas esperar.

—¿Y…? —Yelena sacudió la cabeza, frunció el ceño—. ¿Y mi equipo?

—Yo tengo que volver al complejo. Estamos recibiendo muchas llamadas, así que quiero la mayor discreción posible. En estos momentos, tú eres el equipo.

Yelena se puso en pie de un salto.

–¡No puedo hacerlo todo yo sola! Necesito un asistente, un organizador de eventos…

–Ya te ayudará mi gente.

Ella lo fulminó con la mirada.

–Tengo una vida, una…

–Pensé que tu trabajo era tu vida –la interrumpió Alex.

Yelena se cruzó de brazos.

–Ya no sabes nada de mí.

–Eso es cierto.

Dicho aquello, Alex se levantó, tomó su chaqueta y sacó de ella el teléfono móvil.

–Haz la maleta para una semana –le dijo.

Y luego se marchó sin más, dejando como única prueba de su paso por allí el masculino aroma de su aftershave.

Yelena se quedó mirando la puerta, con el ceño fruncido.

«Deja de fruncir el ceño, te van a salir arrugas», pensó.

Aquella frase que tantas veces le había dicho su madre penetró en su mente y ella relajó la expresión al instante.

¿Cómo iba a olvidarse de su pasado y concentrarse en el trabajo?

El año anterior había sido muy duro. Había perdido a su hermana y a Alex. Hasta Carlos se había alejado de ella y, últimamente, siempre que hablaban lo hacían para discutir. Había decepcionado a su familia, toda su vida se había desmoronado.

Pero había conseguido recuperarse. Y se había convertido en madre. A pesar de todo, a cambio de su hija Bella merecía la pena cualquier sufrimiento.

Tenía que hacerlo por ella.

Recogió el escritorio, tomó su iPhone y cerró la puerta con llave.

Alex Rush era el Santo Grial de los clientes. Su campaña consolidaría la carrera de Yelena y la ayudaría a conseguir el ascenso. Y, a pesar de lo que había ocurrido entre Alex y Carlos, y a pesar de su tórrida aventura, Alex la había elegido. Si él podía tener una relación sólo laboral con ella, Yelena haría lo mismo. No iba a tirar por tierra su futuro por los errores del pasado.

Capítulo Dos

—Iba a darle de comer a Bella —le dijo Melanie, su vecina, que cuidaba de la niña, desde la cocina—. ¿Quieres hacerlo tú?

Yelena dejó el bolso en la encimera y tomó el biberón con una sonrisa en los labios.

—Por supuesto. ¿Ha llamado mi madre?

—Justo después de que tú te marchases esta mañana… —le respondió Melanie, siguiéndola por el pasillo hasta la habitación de Bella.

—¿Y? Hola, preciosa, ¿cómo está mi bella Bella?

Yelena tomó a la niña de la cuna.

—¡Qué grande estás! ¿Cómo puedes estar creciendo tanto? ¿Qué te ha dicho, Mel?

—Que estaba constipada y que no quería pegárselo a Bella —le contó la otra mujer.

—Ya.

A pesar de conocer perfectamente a su madre, Yelena no pudo evitar que aquello le doliese. María Valero jugaba al tenis y tenía un entrenador personal. Tomaba vitaminas, comía sólo lo suficiente para estar sana, evitaba la cafeína, el chocolate y otras adicciones nocivas para la piel. A ese paso, los iba a enterrar a todos, incluida Bella.

Y sus mentiras seguían doliendo a Yelena.

–Es mejor no arriesgarse –añadió Melanie en tono diplomático–. Los bebés lo pillan todo enseguida.

–Eso es verdad.

Yelena se sentó en la mecedora y le dio el biberón a la niña.

Se sintió orgullosa y llena mientras la miraba. Sería capaz de hacer cualquier cosa por ella. Su mundo empezaba y terminaba en Bella.

–¿De qué trata ese nuevo viaje de negocios que tienes? –le preguntó Mel.

–Es sólo un cliente nuevo.

–¿Cuánto tiempo vas a estar fuera?

–Volveré el lunes que viene.

–Entonces… –empezó Melanie, frunciendo el ceño–. ¿Quién va a cuidar de Bella toda la semana? ¿Tu madre?

Yelena negó con la cabeza.

–¿De verdad te la imaginas cuidando de un bebé? No, Bella se viene conmigo.

–Guau –exclamó Melanie, cruzándose de brazos–. No sabía que B&H tuviese servicio de guardería. Creo que me he equivocado de profesión.

–No lo tiene, pero sí el complejo turístico al que vamos. Y B&H correrá con todos los gastos –comentó ella sonriendo. Y no me digas que preferirías tener un trabajo frívolo e impersonal, como el mío, en vez de tu desagradecido y mal pagado empleo de profesora.

Melanie sonrió con la broma de su amiga.

–No. Y, además, Matt me puede mantener. Es jefe de oncología.

–Yo espero que, después de este cliente, me asciendan por fin.

–Ya va siendo hora. Trabajas el doble que los demás. Pero echaré de menos a Bella… es un encanto –Melanie acarició la cabeza de la niña y luego le guiñó el ojo a su madre–. Aunque se parezca a su madre.

Yelena respondió con una sonrisa.

–¿Podrías hacerme el favor de ir preparando algunas cosas mientras yo termino aquí?

Mientras Melanie buscaba ropa y todo lo necesario para la comida de Bella, Yelena le sacó los gases. Allí sentada, con su hija en brazos, era muy fácil olvidarse del mundo exterior. Bella era todo su mundo. Y ella le había hecho una promesa nada más verla.

«Te protegeré de todo peligro. Y siempre estaré a tu lado cuando me necesites».

Y lo había hecho bien hasta que Alex Rush había vuelto a su vida y le había pedido que le dedicase toda su atención.

Bella estornudó y ella se la quitó del hombro para mirarle la cara. Sus ojos marrones la miraron y Yelena la estudió y se le hizo un nudo en el estómago.

Alex era un hombre inteligente: en cuanto viese a Bella, ataría cabos. No habría marcha atrás. No obstante, no podía dejar a la niña en casa. Lo tenía muy claro después de cómo había sido su propia niñez.

–Si Alex Rush quiere tenerme, tendrá que aceptar el paquete completo, cariño.

Lo importante era que ella hiciese bien su trabajo. Alex sólo quería calmar a la opinión pública. Ella no le importaba lo suficiente como para odiarla y su relación, sólo profesional, duraría lo que durase la campaña.

Alex se instaló en el cómodo Cessna e intentó centrarse en el trabajo que tenía delante, pero no pudo.

El resentimiento que tenía contra el hermano de Yelena había ido aumentando desde el juicio por la muerte accidental de su padre. Alex se había marchado de su santuario en Diamond Bay en junio, para volver a Canberra, donde había descubierto el terrible efecto que había tenido la muerte de William Rush. Las especulaciones, los interrogatorios de la policía y el escrutinio de la prensa no tenían comparación con lo que le había hecho Carlos.

Maldijo entre dientes. Había conocido a Carlos en la universidad y ambos se habían movido en los mismos círculos sociales. Cuando éste le había propuesto que hiciesen negocios juntos, a él le había gustado la idea de salir de la sombra del hijo predilecto de Australia, William Rush.

Dos años después, Carlos y él se habían hecho socios y habían creado una red de agencias de viajes con el nombre de Sprint Travel.

Alex no estaba tan ciego como para ignorar que el visto bueno de Yelena había pesado mucho a la hora de tomar la decisión. Todavía podía oírla apoyando y alabando a su hermano.

Era una mujer capaz de tentar al mismo Dios…
aunque fuese hermana del diablo.

Alex se pasó una mano por la barbilla.

«Fuiste un idiota. Un tonto, un imbécil, pensaste con la libido, no con la cabeza».

Toda su vida, había tenido la desconcertante ha-
bilidad de saber cuándo alguien no le decía la verdad. Su padre lo había apodado con orgullo: Alex,
el Detector de Porquería. Pero a Carlos no lo había
visto venir… o no había querido verlo porque, siendo el hermano de Gabriela y Yelena Valero, no era
posible que fuese un mentiroso y un traidor.

Alex resopló. Se había equivocado de cabo a
rabo. Una semana después de que lo hubiesen de-
clarado inocente de la muerte de su padre, Carlos
le había mandado los documentos de ruptura del
contrato. Él los había leído sorprendido. Si el juez
le daba la razón a Carlos y su asociación se disol-
vía, Carlos se quedaría con todas sus acciones.
Aquello era técnicamente legal, pero ¿y moral?

Antes de que le hubiese dado tiempo a recuperarse de aquel golpe, le habían dado el siguiente. El *Canberra Times* había publicado un artículo
acerca de las creativas prácticas contables de Carlos.

Y entonces había sido cuando las cosas se habían puesto feas de verdad.

La traición le había dolido a Alex mucho más
que cualquier pérdida económica. Furioso, había
intentado averiguar la verdad. Y cuanto más amar-
gos eran los artículos que escribían acerca de su
familia, más sed de venganza tenía él. Había utili-

zado todos sus contactos, todos los favores que le debían, para intentar averiguar la verdad, pero, hasta el momento, Carlos había sido listo y no había dejado pistas.

Y, de repente, había conseguido dar dos grandes pasos. La semana anterior había contactado con tres víctimas potenciales de Carlos, que le habían dado con la puerta en las narices. Y, lo que era todavía más importante, Alex había descubierto que era Carlos el que, desde el mes de marzo, estaba filtrando a la prensa los rumores de que su difunto padre le había sido infiel a su madre.

Yelena era la única que podía haber oído la vergonzosa discusión que Alex había tenido con su padre. Y la única que podía habérselo contado todo a Carlos.

Aquello ya no era un asunto de negocios. Era personal.

Los maldijo a ambos. La maldijo a ella.

Apretó el puño hasta que rompió el bolígrafo que tenía en la mano, entonces, la abrió.

Pronto estarían de camino a Diamond Bay, donde tendría a Yelena para él solo. Alex se aseguraría de que Carlos se enterase de que Yelena se acostaba con él y, luego, iría con las pruebas de sus fechorías a la justicia. Sólo se conformaría humillándolo por completo.

«¿No te conformas con una de mis hermanas? Mantente alejado de Yelena o te mataré». Alex sonrió mientras recordaba la amenaza que Carlos le había hecho por teléfono y que él seguía teniendo grabada.

Cuando uno estaba enfadado, cometía errores, y Alex estaba esperando a que Carlos los cometiese.

Se miró su brillante Tag Heuer. ¿Y si Yelena no se presentaba? No. Conocía a Yelena y sabía que aquella campaña era importante para su carrera profesional.

No obstante, se sintió aliviado al oír por fin su voz.

Giró la cabeza y frunció el ceño al ver que llevaba una especie de fardo entre los brazos.

–¿Qué es eso? –le preguntó.

–Mi hija.

Ajena al silencio de Alex y a su expresión de sorpresa, Yelena sonrió a la azafata, que desplegó la cuna portátil para que pudiese dejar a la niña en ella.

–Tú no tienes hijos –replicó Alex, sentándose enfrente de ella.

–Claro que sí –dijo Yelena, quitándose la chaqueta–. Se llama Bella.

–La has adoptado.

–Eso no es asunto tuyo, Alex.

–Lo es, si estás trayendo tu vida privada al trabajo.

Yelena lo miró con frialdad.

–Deberías entender por qué la he traído. No puedo dejársela una semana a mi familia, por mucho que necesite tu campaña.

Él recordó que Yelena le había contado que tanto ella como sus hermanos habían sido criados por niñeras y en internados mientras María Valero había desempeñado su papel de esposa de diplomático a la perfección.

—Entonces, ¿es tuya?

Ella otorgó con su silencio, y luego asintió brevemente.

Yelena tenía una hija.

¿Cómo era posible que él no se hubiese enterado?

Alex notó cómo las heridas del pasado volvían a abrirse.

—¿Cuánto tiempo tiene? —le preguntó.

Ella levantó la barbilla, orgullosa, y lo miró a los ojos.

—Cinco meses.

Él hizo las cuentas y notó cómo la ira iba creciendo en su interior.

La noche en que Yelena le había dicho que lo amaba, la noche de la muerte de su padre, ya había estado embarazada de otro hombre.

Capítulo Tres

El avión despegó. Durante la siguiente hora, Yelena intentó concentrarse en los recortes de prensa de Alex, pero una y otra vez se sorprendió a sí misma mirando por la ventanilla.

Bella empezó a ponerse nerviosa y ella dejó de fingir que trabajaba. Le preparó un biberón y se lo dio, sin poder evitar sentir la presencia del hombre que tenía enfrente, y su completa falta de interés por ella. Cuando Bella empezó a moverse, sintiendo la tensión de su madre, Yelena levantó la vista.

Alex leía unos papeles con el ceño fruncido. Yelena nunca lo había visto tan enfadado, tan intocable. Los recuerdos que tenía de él estaban llenos de bromas, coqueteos y atracción.

«Y no te olvides de los besos».

Volvió a mirar a Bella, sus ojos enormes, la boca alrededor del biberón. Sonriendo con ternura, se puso una toalla en el hombro y la levantó.

Diez minutos después, volvía a dejar a la niña dormida en la cuna, recogía los papeles y decidía dedicarse a mirar por la ventana.

Debajo de ella estaba ya el complejo turístico más exclusivo de Australia. La belleza del lugar hizo que Yelena se olvidase momentáneamente de su tensión y le preguntase a Alex:

–¿Cómo es que tu padre decidió construir un complejo tan lujoso aquí?

Él levantó la mirada despacio, casi sin querer, y la miró a los ojos.

–Para que fuese un lugar íntimo. Solitario –luego volvió a su trabajo.

A Yelena le dolió que le hubiese contestado con tanta educación. ¿Por qué le costaba tanto mirarla, hablar con ella?

Por suerte, el avión aterrizó enseguida y las puertas se abrieron.

Yelena tomó su chaqueta y a la niña. Y notó la presencia de Alex justo detrás de ella. Se giró y lo vio con su bolso en la mano. Él le hizo un gesto con la cabeza, indicándole que lo precediese.

Ella le dio las gracias en un murmullo y luego bajó las escaleras de metal con cuidado, con Alex pegado a sus talones, observándola.

Una gran limusina negra los estaba esperando en la pista y cuando Alex le abrió la puerta en silencio, Yelena se dio cuenta de que había un portabebés dentro.

Sentó y ató a Bella y luego entró, dejándole a Alex la ventana. Cuando la puerta se cerró tras de él, Yelena sintió claustrofobia. Todo era por culpa del hombre que tenía sentado a su lado, haciéndole el vacío como si hubiese cometido un pecado imperdonable.

Suspiró con tristeza, apartó el cuerpo de él y habló cariñosamente a su hija, sonriéndole. Luego se miró el reloj. Sólo le quedaban seis días y doce horas para marcharse de allí.

Aquello era ridículo. Decidida, se giró hacia Alex.

–¿Qué quieres conseguir con esta campaña? –le preguntó.

Claramente sorprendido, él apartó la vista de la ventana y la miró con expresión sombría, pero no contestó.

–¿Alex? –insistió ella–. ¿Cuáles son tus objetivos?

–¿Quién es el padre?

–¡Eso no es asunto tuyo!

–Por supuesto que sí.

–¡Por supuesto que no! –replicó Yelena enfadada, perdiendo el control–. No hay nada entre nosotros, Alex. Sólo una relación profesional. Nunca hablo de mi vida privada con mis clientes y no pienso empezar a hacerlo ahora.

–Pero traes a tu hija a un viaje de trabajo.

–Es la primera vez que un cliente me pide algo poco razonable. No me has dejado elección.

–Todo el mundo tiene elección, Yelena.

Ella se puso tensa.

–Si lo que te preocupa es no tener toda mi atención, te aseguro que Bella no impedirá que haga mi trabajo.

–Ya veo –contestó él, fulminándola con la mirada.

Había ira en ella, pero también algo más. ¿Orgullo? ¿Dolor?

No, Alex Rush jamás demostraría vulnerabilidad.

A Yelena se le hizo un nudo en el estómago. Por un segundo, creyó haber visto algo bajo aquella superficie hostil.

En el pasado, habían sido amigos. Y en esos momentos, se sentía engañada.

—No puedo ofrecerte nada, Alex, salvo toda mi atención en tu campaña. Por favor, respétalo. Ahora, dime cuáles son tus objetivos.

Él la fulminó con la mirada.

—Durante meses, han aparecido en los periódicos noticias falsas, mentiras y rumores acerca de una supuesta aventura de mi padre.

Yelena asintió.

—He leído los recortes. ¿Cómo ha afectado eso a tu madre y a tu hermana?

—A mi madre le han pedido con mucha educación que deje de colaborar en dos organizaciones benéficas. En vez de llamarla por teléfono, mandarle invitaciones y pedirle que asista a actos, han dejado de comunicarse con ella. Y Chelsea se ha quedado sin patrocinador para sus torneos de tenis. Y, antes de que lo preguntes, no es un problema de dinero, sino de que le han retirado el apoyo por culpa de un montón de mentiras.

—Y, claro, tu padre no está aquí para defenderse.

—Claro —repitió él.

—Alex… —empezó ella—. ¿Tu padre le fue infiel a tu madre?

Él frunció el ceño de repente.

—No.

—¿Puedes estar seguro al cien por cien?

—Por supuesto que no —admitió él.

–Está bien. Así que necesitamos atraer la atención, pero con cosas positivas. Para que sea una campaña eficiente, tiene que ser sutil. Tenemos que ir ganándonos el apoyo de la opinión pública sin que se note demasiado.

–Si estás pensando en que toda la familia unida dé una rueda de prensa...

–No. ¿Has hecho alguna declaración pública declarando tu inocencia?

–La hizo mi abogado.

–¿Y por qué no tú, en persona?

–Porque... –Alex frunció el ceño–. No fui acusado formalmente. La investigación policial fue una completa farsa, basada en mensajes de anónimos y en rumores. No quería darle más importancia de la que tenía.

–Ya entiendo.

–No, no lo entiendes –replicó él, mirándola a los ojos–. Tras la muerte de mi padre, las muestras de compasión fueron tremendas. El gran William Rush, muerto en lo mejor de la vida. Duró semanas. Se habló de su brutal niñez y de su meteórico ascenso desde la pobreza, de sus negocios y de sus influyentes amigos. Cuando fueron a buscarme a mí para interrogarme, salió también a la luz su afición por el juego y por la bebida.

–Ahí cambiaron las cosas.

–Exacto. Y los rumores de infidelidad fueron la gota que colmó el vaso. Mi madre no se lo merece. Ni Chelsea tampoco –continuó Alex con los ojos brillantes–. Me has preguntado qué es lo que quiero de esta campaña. Quiero que mi familia sea aceptada por sus logros, no juzgada por unos rumores. Quiero que consigas el apoyo de la prensa, del público y de sus amigos. Y quiero que lo hagas con sutileza.

–Siempre soy discreta.

–No. Quiero decir que no quiero que nadie sepa que soy tu cliente.

–Ya –dijo ella, frunciendo el ceño–. ¿Y cómo pretendes explicar mi presencia en el complejo?

–Podemos decir que somos viejos amigos que estamos recuperando el tiempo perdido –contestó él.

A Yelena se le hizo un nudo en el estómago y el coche se detuvo.

–¿Y quién se va a creer eso?

–Bueno, se han creído todas las mentiras que han dicho acerca de mi padre, ¿no?

Yelena agarró bien a la niña y salió de la limusina.

–¿Y por qué iba a querer yo…? –dejó de hablar al levantar la cabeza e incorporarse.

Tragó saliva. Aquel lugar no era un hotel de cinco estrellas, sino de cien.

–Deja sin habla, ¿verdad? –comentó Alex.

Ella se giró a mirarlo y lo vio apoyado en el coche, con los brazos y las piernas cruzados. Era una imagen poderosa, imponente.

Los recuerdos se agolparon en la mente de Yelena. Recordó a aquel mismo hombre, pero el año anterior y sonriendo. Ella había salido del trabajo y se lo había encontrado en aquella misma posición, esperándola. Entonces él la había abrazado y le había dado un beso que había hecho que se le doblasen las rodillas.

Lo único que pudo hacer en esos momentos fue ponerse las gafas de sol.

—Gabriella me había contado que era un sitio enorme, pero…

La mirada de Alex hizo que dejase de hablar.

—Fue diseñado por Tom Wright, el mismo tipo que hizo el Burj al-Arab de Dubai —comentó él en tono frío e impersonal—. Te acompañaré a tu habitación.

Luego le hizo un gesto al botones que había tomado sus maletas y entró en la recepción sin esperar a ver si Yelena lo seguía.

Antes de llegar al final de la suite, Alex se dio la vuelta y volvió a andar en dirección contraria, pasándose la mano por el pelo. Estaba recordando la breve conversación que habían tenido en el coche.

Hacía casi quince años que conocía a Yelena, y había pasado unos cuantos fantaseando con ella como el típico adolescente. No obstante, jamás la habría creído capaz de engañarlo.

«¿Tu padre le fue infiel a tu madre?».

¿Por qué le había hecho esa maldita pregunta, si ya sabía la respuesta? Yelena había oído la discusión que él había tenido con su padre, y no había dudado en compartir la información con Carlos.

Volvió a llegar a la pared, gruñó y se dio la vuelta.

Yelena estaba intentando desconcertarlo. Quería hacerle ver que era inocente. Tenía que ser eso. Aunque...

La había visto dudar al hacerle la pregunta, se había ruborizado.

Alex dejó de andar. Se detuvo a un paso del escritorio. La traición de Carlos lo había vuelto un neurótico, había hecho que dudase de sí mismo por primera vez desde...

Levantó la cabeza y observó su reflejo en el espejo que había encima del escritorio. Gracias a aquel error, se había pasado los últimos meses revisando todos los negocios, todas las decisiones profesionales que había tomado. Había desaprovechado el tiempo dudando de decisiones que había tomado después de mucho pensarlo.

Enfadado, se aflojó la corbata y se desabrochó los primeros botones de la camisa.

Si seguía así, se volvería loco. Ya había permitido que los sentimientos le calasen hondo, había vuelto a retomar el contacto con Yelena.

«Es la manera de empezar a seducirla», se dijo a sí mismo. No obstante, no podía dejar de hacerse preguntas. La necesidad de saber lo estaba ofuscando. Yelena siempre había tenido ese efecto en él. En dos ocasiones, se había dejado llevar por la ira y en ambas, ella se había marchado. Si la molestaba, no conseguiría llevársela a la cama. Tenía que centrarse en su plan.

Hacía demasiado tiempo que se no se derretía al oler su aroma, demasiado tiempo que no sentía la sedosa caricia de su pelo en la piel.

Y otro hombre la había hecho suya.

«No». De repente, se sintió furioso. Apretó la mandíbula, incapaz de apartar aquella idea de su mente.

«También podría ser tu hijo. Tuyo y de Yelena».

Se obligó a no pensar en aquello. Si su padre no hubiese estado borracho y no se hubiese ahogado en la piscina, él no estaría allí. Pero había ocurrido así y, en esos momentos, Alex tenía que lidiar con todo lo ocurrido.

Si no conseguía tranquilizarse, no podría poner en práctica sus planes. Y a su familia sólo le quedaría un legado de escándalos y mentiras, terribles recuerdos de un pasado que él había jurado enterrar junto al tirano de su padre.

Miró por las puertas de cristal que daban al jardín. A la izquierda vio el color ocre de la roca sagrada de Australia, que contrastaba fuertemente con la exuberante vegetación de Diamond Bay.

Le encantaba la tranquilidad de aquel lugar. Era la única creación de William que no clamaba su autocrática presencia en cada ladrillo. El único lugar al que no había podido llegar su violencia.

Alex se frotó el hombro y recordó viejas heridas. Había soportado sus golpes y sus consejos: «Lucha por lo que quieres, porque nadie va a hacerlo por ti». Era la única cosa de valor que le había dado aquel malnacido.

Había llegado el momento de levantar la cabeza y acabar con aquello.

La imagen de unos ojos dulces y de una risa tentadora lo asaltó, haciéndolo gemir. Salió por la puerta y anduvo por la moqueta dorada y crema hasta llegar al otro lado del pasillo, donde había hecho que alojasen a Yelena.

Llamó a la puerta y esperó unos segundos. Yelena abrió con una sonrisa en los labios, sonrisa que desapareció al verlo a él.

Se había quitado el traje y se había puesto unos vaqueros y una camiseta blanca. Los pantalones enfundaban a la perfección sus largas piernas y la camiseta de algodón se pegaba a sus curvas, despertando la imaginación de Alex. Eran unas curvas extremadamente femeninas.

Él juró en silencio y maldijo a su libido antes de ver cómo se apartaba Yelena y lo dejaba entrar.

–¿Ha venido Jasmine a verte? –le preguntó Alex, a modo de saludo.

Yelena se quedó con la mente en blanco y sólo notó un cosquilleo en la piel al notar su cuerpo caliente y su familiar olor pasando por su lado.

–La niñera –le recordó él.

–Sí, está en el dormitorio, con Bella. Gracias por encargarte.

Alex se encogió de hombros y se detuvo en el centro de la habitación. Miró a su alrededor.

–El servicio de guardería del complejo es muy bueno. ¿Te ha gustado la habitación?

–Es perfecta. Un poco grande.

–Todas las suites tienen salón, dos dormitorios y cuarto de baño. Y, por supuesto, buenas vistas.

Alex tomó un mando a distancia que había encima de la mesita del café y le dio a un botón.

Las cortinas empezaron a separarse muy despacio.

–¿Son cortinas eléctricas? –preguntó Yelena.

–Sí –respondió él, divertido al verla sorprendida–. No podemos permitir que nuestros clientes tengan que abrirlas con las manos.

Ella sacudió la cabeza y sonrió también, muy a su pesar.

–Por supuesto que no. Podrían… ¡oh!

Las vistas eran maravillosas. Un enorme acantilado con una cascada que brillaba bajo la luz del sol e iba a parar a un gran lago. Alrededor de éste se extendía la flora autóctona y a Yelena le costó distinguir las pequeñas cabañas que Diamond Bay ofrecía a sus clientes.

Parecía el decorado de una película de enorme presupuesto, pero ella sabía que era real. Diamond Bay tenía el único lago artificial del estado.

Y alrededor de éste serpenteaban las instalaciones del complejo, formando un refugio lujoso y privado.

–Es…

–¿Increíble?

Yelena dio un paso hacia la ventana, luego, otro.

–Arrebatador.

Alex se cruzó de brazos.

–William Rush tenía buen gusto para las cosas espectaculares.

Ella se giró despacio a mirarlo y estudió su perfil.

Allí pasaba algo. Había tensión, sí. Ella había esperado eso, e incluso asco, después de haberlo dejado tirado. Pero había algo más… Sus ojos lo escrutaron. Vio que tenía el ceño ligeramente fruncido, la mandíbula apretada. Se fijó en su nariz aquilina, que bajaba hasta una boca demasiado cálida, demasiado tentadora.

Él cambió de postura y la miró también.

—Imaginé que te gustaría —murmuró, casi para sí mismo.

Y, por un segundo, ella vio el brillo de algo más en sus ojos, pero después se preguntó si no se lo habría imaginado.

Se quedó sin aliento. Y molesta.

—Voy a enseñarte tu lugar de trabajo —le dijo Alex.

Ella asintió, con el corazón acelerado, desapareció en su dormitorio y volvió a aparecer con su maletín y con un grueso bloc de notas.

—Tu hermana tiene catorce años, ¿verdad? —le preguntó Yelena mientras lo seguía por el pasillo.

—Hará quince en mayo —la corrigió él, relajándose de repente—. No la conoces, ¿verdad?

—La vi una vez. Gabriela la invitó a un acto de la embajada el año pasado.

—Ah, es verdad… —giraron a la izquierda y se detuvieron delante del ascensor—. Volvió muy contenta. Y pasó mucho tiempo enseñando la tarjeta de «invitado especial» a todo el mundo.

Alex apretó el botón y también los labios.

—Tu madre no pudo asistir esa noche. Estaba enferma, ¿no?

—Sí.

Alex bajó la mirada y se cruzó de brazos, girando el cuerpo hacia los ascensores.

«Qué raro», pensó Yelena, pero no lo comentó.

—Esa noche me besaste por primera vez. En la cocina, ¿te acuerdas? —le dijo él.

Yelena levantó la vista, sonrojada.

—Me besaste tú a mí.

—Y después me mandaste a paseo —comentó Alex, haciendo una mueca.

—Eras el novio de Gabriela.

—Uno de tantos.

—¿Estás acusando a mi hermana de…?

—Oh, venga ya, Yelena —dijo Alex, poniendo los ojos en blanco justo antes de que se abriesen las puertas del ascensor—. Los dos sabemos que Gabriela es una chica de vida alegre, en el buen sentido del término. Le gustaba llevarme colgado del brazo cuando estaba en la ciudad, pero no le interesaba mucho más.

«No puedo hablar de esto», se dijo Yelena, agarrando su bolso con fuerza y clavando la vista en las puertas del ascensor.

—Cuéntame más cosas de Chelsea —le pidió.

Él hizo una pausa, como para hacerle saber que sabía que estaba intentando cambiar de tema.

—Es una chica increíble —contestó por fin—. Y una prometedora tenista. Por fuera parece fuerte, pero por dentro…

—Es la típica adolescente: vulnerable e insegura.

—Sí —admitió él, sorprendiéndola con su sonrisa—. ¿Tú qué sabes de eso?

—Lo sé todo —le dijo ella mientras ambos salían del ascensor—. Era la chica nueva del colegio, ¿recuerdas? Y, además, extranjera.

—Todavía me acuerdo del día que llegaste.

¿Cómo iba a olvidarlo? La belleza morena de Yelena los había vuelto locos a todos, montada en

36

su BMW negro y brillante, con las gafas de sol de Dior puestas.

–Estaba muy nerviosa –le contó ella, sacándolo de sus pensamientos.

–Pues no se notaba. Te deslizaste por el aparcamiento como si fuese tuyo.

Ella rió un momento mientras pasaba por delante de la puerta de cristal que Alex acababa de abrir.

–¿Que me deslicé? No creo.

–Sí. Gabriela va a saltos por la vida. Tú te deslizas como un barco perfecto por un mar en calma.

–¿Así es como me ves… perfecta? ¿Intocable?

Él tardó en contestar. Yelena vio cómo le sonreía su sensual boca, cómo la miraba, divertido, con sus ojos azules.

–Intocable, no, Yelena.

Ella contuvo la respiración, atrapada en su mirada. Aquél era el Alex al que ella conocía, el chico bromista y encantador al que le encantaba conseguir que se sonrojase.

–¿Café?

–¿Qué?

–¿Que si quieres un café? –repitió él sonriendo–. Podemos tomarlo junto a la piscina.

Ella asintió, sintiéndose culpable. Había sabido que Gabriela y él no pegaban desde el principio. Desde que Gabriela se lo había contado. ¿Cuándo? En el mes de mayo. Más de un año antes, aunque parecía que había pasado toda una vida. No obstante, su hermana lo había querido a su manera. ¿Acaso no se merecía Alex saber lo que había ocurrido?

Lo vio llamar por teléfono y fingió que estudiaba su despacho con la mirada. Tenía que mantener la promesa que les había hecho a sus padres. Lo vio colgar.

—Mi madre y Chelsea se encontrarán con nosotros en Ruby's... una de las cafeterías... a las cuatro.

—Alex...

—¿Sí? —dijo él, con las manos apoyadas en las caderas y la cabeza ligeramente inclinada.

«Gabriela está muerta». Lo tuvo en la punta de la lengua, a punto de salir, pero se lo volvió a tragar. Desde el principio, había sido clara con él. Sólo estaba allí por motivos profesionales.

—¿Saben tu madre y tu hermana por qué estoy aquí? —le preguntó.

Él se apoyó en el escritorio.

—No. Y no quiero que lo sepan, al menos, por el momento. Mi madre pensará que no es necesario... Me dirá que estoy malgastando mi dinero y tu tiempo, que todo se arreglará con el paso del tiempo... —dejó de hablar, apretó la mandíbula.

Luego se aclaró la garganta, se cruzó de brazos y añadió:

—Llevan aquí dos semanas y ahora es cuando se están empezando a relajar. Y quiero que sigan así.

—Sé cómo hacer mi trabajo —le dijo ella.

—Bien. Aquí la gente paga por estar incomunicada: ni periódicos, ni televisión, ni teléfono, ni Internet. A no ser que lo soliciten. Te he preparado la sala de conferencias, que está aquí al lado, con todo lo necesario para que trabajes. Aquí sólo llegan clientes, y en aviones privados, así que no hay prensa. Podrás trabajar con total privacidad.

Con total privacidad. En un complejo turístico increíble, que irradiaba el poder y la presencia de Alex por todas partes. No obstante, a pesar de la tensión que había entre ambos, Yelena se había sentido unida a aquel lugar nada más poner el pie en su suelo rojizo. Como si el único motivo de su presencia allí fuese la necesidad de relajarse.

–¿Vienes mucho por aquí? –le preguntó a Alex.

–No tanto como me gustaría. Viajo entre Sydney, Canberra, Los Ángeles y Londres, sobre todo.

Yelena inclinó la cabeza.

–¿Londres? ¿Estáis pensando en abrir una franquicia de Sprint Travel en el Reino Unido? Carlos...

–¿Carlos qué? –le preguntó Alex muy serio.

–Me... me lo mencionó de pasada.

–Ya veo –dijo él antes de incorporarse–. Pero no. Rush Airlines tiene inversiones en el Reino Unido y en Estados Unidos. ¿Quieres ver tu nuevo lugar de trabajo?

Alex salió del despacho y atravesó el pasillo, y a ella no le quedó otra opción más que seguirlo.

Capítulo Cuatro

–Bienvenida a Diamond Falls, Yelena.

El apretón de manos de Pamela Rush pudo ser un tanto vacilante, pero su sonrisa era cariñosa. Llevaba puestos unos pantalones amplios de color beis, una camisa de flores anudada a la cintura, que enfatizaba su esbelta figura y, para completar el conjunto, un sombrero.

–Es la ropa que me pongo para trabajar en el jardín –comentó Pam sonriendo. Luego se quitó el sombrero y se alborotó el pelo corto–. Tengo un invernadero al lado de mi suite. Intentamos ser todo lo autosuficientes que podemos.

Yelena se fijó en la cariñosa sonrisa que le dedicó a Alex cuando éste se sentó. Luego, Pam miró a la chica desgarbada, la hermana de Alex, que estaba repanchingada en el cómodo sillón de enfrente.

–Ya he pedido que nos traigan café, espero que no te importe –dijo Pam–. A no ser que prefieras té, Yelena.

Ésta le sonrió.

–No funciono sin café –contestó sonriendo.

–¿Eres la hermana de Gabriela, verdad? –preguntó Chelsea.

–Sí. Nos conocimos el año pasado.

–En la fiesta de la embajada –dijo la chica sonriendo–. Ibas vestida con un vestido negro de Colette Dinnigan, de la próxima colección de invierno.

Yelena sonrió.

–Tengo amigos importantes. Y tú, muy buena memoria. ¿Te interesa el mundo de la moda?

Chelsea se encogió de hombros.

–Más o menos.

–Es uno de sus muchos intereses –comentó Pamela Rush sonriendo a su hija–. Chelsea va a convertirse en una importante diseñadora –añadió orgullosa.

–¡Mamá! –exclamó la chica, poniendo los ojos en blanco–. No…

–Disculpe, señor Rush.

El camarero dejó tres cafés y un batido de chocolate encima de la mesa. Yelena se fijó en que Chelsea se ruborizaba al mirar al chico y luego bajaba la vista al mantel.

Ella sonrió y miró a su madre.

Había visto fotografías de la madre de Alex en alguna revista del corazón. Lo cierto era que había envejecido bien, casi no tenía arrugas, ni había canas en su pelo corto, de color castaño.

–¿No llevaba el pelo largo hace poco? –le preguntó con curiosidad.

Si no hubiese estado observando tan de cerca a Pamela Rush, no se habría dado cuenta de que le habían temblado ligeramente los labios antes de contestar:

–A veces, es necesario un cambio.

Yelena asintió y apartó la vista para disimular la vergüenza. Claro. Aquella mujer había perdido a su marido, su hijo había sido acusado de asesinato. Había personas que huían, otras, que se daban a la bebida. Otras se quedaban destrozadas. Y Pamela Rush se había cortado el pelo.

–Bueno, ¿y qué te trae por Diamond Bay, Yelena? –le preguntó ésta.

Ella miró a Alex, que arqueó una ceja, como invitándola a contestar.

–Necesitaba trabajar sin distracciones…

–Y relajarse un poco también –añadió Alex con naturalidad, sonriendo.

–Pues estás en el lugar perfecto –comentó Pam.

Mientras ésta se servía leche en el café, Yelena pensó que era una mujer que sonreía con sinceridad, era educada, desenvuelta. Deseó poder anotarlo todo, pero tendría que esperar. En su lugar, tomó un sobre de azúcar y echó su contenido en el café solo.

Bajó la vista un momento para mirar a Alex. Parecía tranquilo, la expresión de su rostro relajada. Hasta le pareció ver aprobación en su sonrisa.

Eso le gustó tanto que se estremeció. «No es tu primera campaña», se advirtió a sí misma. «No puedes permitir que la satisfacción de un cliente se te suba a la cabeza».

–¿Gabriela está en el extranjero? –preguntó Chelsea de repente, apoyando los codos en las rodillas.

Desconcertada, Yelena tomó su taza de café y se la llevó a los labios antes de mirar a la adolescente.

–Esto… sí.

–¿Para toda la temporada de la moda? Empieza en septiembre, ¿no? Con Nueva York, luego Londres, Milán y París.

Yelena ya le había dado un sorbo al café hirviendo cuando se dio cuenta de que se había llevado la otra mano al colgante que llevaba puesto. Instintivamente, miró a Alex, que tenía el ceño fruncido, y bajó la mano de nuevo.

–¿Cómo lo sabes? –le preguntó a Chelsea sonriendo–. Gabriela no… –tragó saliva antes de continuar–. Hace años que no trabaja de modelo.

–Sé que es agente de Cat Walker Models, en Sydney, ¿verdad? Sigo el blog de la agencia. He leído que iban a mandar a gente para seguir los desfiles, y he imaginado que habrían elegido a Gabriela.

Yelena sintió que se le encogía el corazón de dolor, pero consiguió devolverle la sonrisa a Chelsea.

–Creo que lo tuyo por la moda es más que un poco de interés –le dijo.

–Sí –murmuró la chica, apartando la vista y haciendo una mueca.

Cuando volvió a mirar a Yelena, lo hizo de forma… diferente. Más dura. Como si hubiese cumplido diez años en dos segundos.

–Pero papá siempre decía que era una pérdida de tiempo.

Luego tomó su batido y empezó a chupar la pajita.

Yelena miró a Alex, pero no consiguió sacar nada de sus contenidos ojos azules.

«Demasiado contenidos», pensó ella, sin poder evitar preguntarse qué estaba pasando allí. Intentó atar cabos, pero no sacó nada tangible. Sólo tenía la sensación de que Alex no le había contado toda la verdad. Después de meses, años, coqueteando a escondidas y charlando en distintos actos sociales, podía sentirlo. Lo sentía siempre que se hablaba de la familia Rush. Y lo sentía después de haber compartido con él tres momentos clandestinos de apasionados besos.

En uno de los raros momentos de perspicacia de Gabriela, su hermana había comparado a Alex con un volcán inactivo: bello y tranquilo por fuera, pero toda una masa de fuego por dentro.

«Cuídalo, Yelena. Es uno de los buenos».

Yelena miró fijamente su taza. Se maldijo. Había intentado olvidar el consejo que le había dado Gabriela del mismo modo que se había obligado a sí misma a no pensar en Alex, pero las cosas volvían a complicarse.

De repente, dejó la cucharilla encima del plato y se echó hacia delante.

—Te diré una cosa, Chelsea. Conozco a varias personas en Sydney que, si te interesa, podrían conseguirnos entradas para el desfile de David Jones del mes que viene.

Chelsea abrió los ojos como platos.

—¿De verdad?

—Si a tu madre le parece bien, por supuesto.

—¿Mamá? Por favor, por favor, por favor.

—¿Y tus entrenamientos? —inquirió Alex—. ¿Y las clases?

La joven lo desafió con la mirada.

—¿Qué?

—Pensé que estabas centrada en el tenis —comentó su madre.

Chelsea miró el mantel y murmuró algo ininteligible.

—¿Qué? —preguntó Alex.

—He dicho que dudo que haga nada.

—Entonces, ¿quieres dejarlo? —le preguntó él, visiblemente molesto—. ¿Es eso lo que quieres? ¿Después de tanto tiempo y tanto esfuerzo?

La expresión de Chelsea se ensombreció.

—¿Por qué no empiezas a gritarme que te has gastado miles de dólares en mi carrera como tenista? Así sí que te parecerías realmente a papá.

Si Chelsea lo hubiese apuñalado con su cucharilla, Alex no se habría mostrado más dolido.

—Cariño… —intervino Pam.

Yelena observó la situación fascinada, pero desconcertada.

—Si lo deseas tanto… —empezó Pam.

Chelsea se puso en pie de repente, con el rostro colorado.

—No te atrevas a repetir las frases de papá. Ahora no, no después de…

—¡Chelsea! —la regañó Alex.

Ella lo miró con el ceño fruncido.

—¡Y tú no deberías defenderlo! ¡Da asco! ¡Todo da asco!

Y, dicho aquello, salió de la cafetería.

Alex hizo ademán de levantarse, pero Pam puso una mano en su brazo para detenerlo. Él se quedó donde estaba, con expresión turbulenta, y se hizo un incómodo silencio.

Yelena miró a Pam, que tenía la vista clavada en la taza de café vacía.

–Me encantaría ver tu invernadero –le dijo en tono decidido–, si tienes tiempo.

La otra mujer levantó la vista.

–¿Ahora?

–Claro –contestó Yelena sonriendo–. El trabajo puede esperar. Me encantan las plantas, aunque no tenga mano para ellas.

–¿Y eso?

–Siempre se me marchitan, por mucho empeño que ponga.

Pam le dedicó una sonrisa temblorosa, como agradeciéndole el cambio de conversación, pero la expresión de Alex siguió siendo indescifrable.

Yelena se levantó y entrelazó su brazo con el de la otra mujer, pero se sintió confundida al notar que ésta… ¿se estremecía? La miró a los ojos, pero no vio nada en ellos, y se dijo a sí misma que no podía ser.

–¿Te veré en la cena, cariño? –le preguntó Pam a Alex.

Yelena no quería mirarlo, pero se obligó a hacerlo. Alex seguía sentado, en silencio, pensativo.

Él levantó la vista.

–Es probable que tenga que trabajar, pero ya te avisaré –luego, añadió–: ¿Y Chelsea?

Pam sacudió la cabeza.

–Lleva dos semanas enfadada. Estoy intentando dejarle algo de espacio, así que, por favor, no la agobies. Necesita –hizo una pausa, como midiendo sus palabras–… averiguar quién es y lo que quiere. Ya sabes cómo es, a esa edad.

–Sí.

Yelena no pudo evitar fijarse en el ceño fruncido de Alex. Luego ambas mujeres se marcharon.

Alex estaba haciendo números, sólo con media cabeza puesta en la tarea, cuando Yelena entró en su despacho una hora más tarde.

–Tienes que contárselo a tu madre.

Él dejó la pluma Montblanc muy despacio encima de los papeles y se echó hacia atrás.

–¿Qué le has dicho?

–Nada –respondió ella, poniendo los brazos en jarras, sin saber que aquella postura realzaba todavía más sus curvas–, pero nunca he trabajado en una campaña sin tener el apoyo del cliente.

–Yo soy tu cliente.

Ella cambió de postura y Alex contuvo la respiración.

–Dime una cosa, si no hubiese sido por Pam y Chelsea, ¿me habrías contratado? –le preguntó.

«Si no hubiese sido por Carlos, ninguna de las dos estaría aquí», pensó él.

–No –respondió sin más, poniéndose de pie, cada vez más consciente de la atracción que sentía por Yelena–. ¿De qué habéis estado hablando?

–Bueno, pues me ha preguntado dónde trabajo, así que no creo que tarde en atar cabos –respondió ella, sacudiendo la cabeza.

Un mechón de pelo se le escapó de la coleta y Yelena se lo retiró de la cara con impaciencia.

–También tengo la sensación de que piensa que tú y yo… –hizo una pausa y se llevó la mano al colgante– tenemos una especie de aventura.

–Ya entiendo.

Alex salió de detrás del escritorio y ella volvió a cambiar de postura, como nerviosa.

Yelena nunca retrocedía cuando había una discusión, lo que quería decir que tenía que haber algo más. Alex se preguntó si tendría algún efecto sobre ella y sonrió satisfecho.

–Te avergüenza tener una relación amorosa con un sospechoso de asesinato –le dijo.

Yelena abrió mucho los ojos.

–¡No! ¿Cómo puedes pensar eso?

–Entonces, ¿cuál es el problema?

–Tienes que dejar de mentirle.

Él entrecerró los ojos.

–No le estoy mintiendo.

Ella resopló, molesta.

–Mentir por omisión sigue siendo mentir. Y ya me miente bastante mi her…

No terminó la frase, cerró corriendo la boca.

–¿Qué ha hecho Carlos? –inquirió Alex.

–Nada. Lleva meses sin decirme absolutamente nada. Y tu silencio con él tampoco va a solucionar el problema.

–¿Qué te hace pensar que hay un problema?

–No me trates como si fuese idiota, Alex. Hay un problema.

–Eso no es asunto tuyo –le dijo él.

–Tonterías. Esto no sólo afectará a Sprint Travel y a la campaña. Además, es mi hermano, y tu socio.

Él la fulminó con la mirada.

–¿Y tu regla de no hacer preguntas personales? –le preguntó, cruzándose de brazos–. ¿O es que estás intentando provocar una discusión?

Le había dicho lo último en un tono sorprendentemente íntimo. Yelena notó un cosquilleo por todo el cuerpo y se le aceleró el corazón.

–Siempre te gustó una buena… –continuó.

–¡Alex!

–Pelea –terminó él sonriendo.

Estaban teniendo una conversación muy seria y él parecía… ¿divertido?

Furiosa, Yelena intentó controlarse.

–Tal vez me esté cansando de tus caras raras.

–¿De qué caras raras?

–Tan pronto me miras como si no me soportases, como me miras como si quisieras…

–¿Besarte?

Alex atravesó la habitación tan rápido que a Yelena no le dio tiempo a darse cuenta de lo que iba a hacer. Notó que la agarraba del brazo y se quedó inmóvil, sorprendida.

–No me toques –le dijo en tono frío.

–¿Por qué no?

Ella se ruborizó.

–Porque te estás comportando de manera poco profesional.

Él resopló burlonamente.

–Así que tú también lo has notado.

–¿El qué?

Alex le acarició el brazo.

–Lo que hay entre nosotros. Lo que ha habido siempre, aunque yo estuviese fuera de tu alcance por salir con tu hermana.

Yelena se zafó.

–¡No te atrevas a hablar de eso!

–Es la verdad.

Ella retrocedió un paso, luego, otro.

–Pero no está bien –replicó, con los brazos en jarras, con el deseo y la culpabilidad haciendo que le ardiese la cara–. ¿Sabes cuántas veces quise contarle a Gabriela lo nuestro? Y cada vez que me convencía a mí misma de hacerlo, ella sonreía como una tonta y me decía lo feliz que era. Yo me odiaba a mí misma por desear al novio de mi hermana. Lo que hicimos estuvo mal.

A Alex se le oscureció la mirada.

–Sólo nos dimos un par de besos, no hicimos nada inmoral.

–Tal vez no lo fuese para ti, pero yo, siempre que estaba contigo…

«Era tan feliz, pero tan desdichada al mismo tiempo porque también la hacías feliz a ella», pensó.

–Olvídalo –añadió, dándose la vuelta y caminando hacia la puerta.

Empezó a empujarla, pero se detuvo. Estaba deseando salir de aquella habitación, pero lo cierto era que el daño ya estaba hecho. No sólo había abierto la puerta de su pasado, sino que la había atravesado tan contenta.

A regañadientes, se dio la media vuelta.

–Alex… con respecto a Gabriela.

–¿Qué? –dijo él, tomando su teléfono móvil de encima del escritorio y comprobando si tenía mensajes–. ¿Consiguió llevarse a Jennifer Hawkins a su agencia?

Yelena guardó silencio y él levantó la vista por fin.

–¿Qué? –inquirió–. ¿Va a volver a posar? ¿Ha vuelto a la ciudad? ¿Se va a casar?

–No.

Alex dejó de sonreír al ver a Yelena tan seria.

–¿Qué?

Yelena se tocó el colgante y tragó saliva.

–Gabriela está muerta.

Pasaron varios segundos en silencio, pero cargados de significado.

–Es una broma –dijo Alex con incredulidad.

–¿Crees que te mentiría sobre algo así? No se anunció oficialmente, así que no podías saberlo.

–¿Cuándo?

–En marzo. Me llamó desde España el día de Nochebuena, justo después de que nosotros… tú y yo… –dejó de hablar, se sentía culpable.

Se habían comportado como dos adolescentes, en el coche, delante de la casa del padre de Alex.

–Me llamó cuando estaba volviendo a casa, me pidió ayuda, desesperada –continuó Yelena–. Intenté llamarte desde el aeropuerto, pero habías apagado el móvil. Cuando aterricé en Madrid, seguí llamándote, al móvil, a tu casa. Luego conseguí hablar con alguien de seguridad, pero no me permitieron hablar contigo.

–Y después dejaste de intentarlo.

No era una acusación, sólo una afirmación. Era cierto, había dejado de intentarlo.

–Estuve una semana llamándote –admitió–, pero tú no me dejaste que me comunicase contigo. Les dije que llamaba de Bennett & Harper, pero nada. Pensé que… –dejó de hablar porque le tembló la voz, se sentía avergonzada.

Alex puso los brazos en jarras.

–¿Pensaste que quería romper contigo?

–¿No era así? –le preguntó ella–. Me había marchado sin decírtelo y terminé recorriendo con Gabriella un montón de pequeños pueblos. Cuando por fin llegamos a Alemania en marzo, me enteré de lo de tu padre, un par de semanas después de que te hubiesen absuelto de todos los cargos. Pero luego los problemas de Gabriela, su muerte, eclipsaron todo lo demás.

Le mantuvo la mirada hasta que Alex la apartó y se pasó una mano por los ojos.

–No lo sabía. Mi vida ha sido… –se interrumpió, bajó la vista y exhaló–. Siento lo de tu hermana. ¿Cómo…?

–Un accidente de tráfico. Era…

«Impulsiva, temeraria, egoísta», pensó.

–Gabriela –dijo en su lugar, sonriendo un poco y encogiéndose de hombros.

–¿Y tus padres no lo han hecho público?

–No he conseguido convencerlos –admitió ella.

–Pues eso no está bien, Yelena.

–Sí, bueno. Gabriela siempre había sido la alocada. Ése fue el principal motivo por el que emigramos a Australia. Otro ejemplo de cómo mis padres intentaban evitar escándalos familiares a cualquier precio.

En ese momento sonó su teléfono, interrumpiéndola. Miró quién la llamaba.

–Tengo que marcharme, es tarde –le dijo a Alex, guardándose el teléfono–. Tengo que dar de comer a Bella a las seis.

Abrió la puerta, pero se detuvo con la mano en el pomo. Se giró despacio y lo miró fijamente.

–Te agradecería que no se lo contases a nadie.

Alex asintió en silencio y ella le sonrió agradecida.

–Gracias. Y ¿podrías hablar con tu madre? Cuéntale por qué estoy aquí.

Él volvió a asentir.

–Hasta mañana.

–Sí.

Entonces, Yelena se giró y salió por la puerta.

Capítulo Cinco

Yelena abrió la puerta de su suite y entró. El aire fresco le golpeó el rostro, aliviándola del calor que le quemaba en las mejillas.

—¿Jasmine?

La niñera salió de la cocina sonriente, con un biberón en la mano.

—Bella lleva unos minutos despierta. Es una niña preciosa.

—Lo es —admitió ella sonriendo.

—Se parece mucho a su mamá, tiene el mismo pelo moreno y rizado, y la misma piel. Apuesto a que esos bonitos ojos marrones van a robar muchos corazones.

—Cuento con ello —respondió Yelena sonriendo mientras dejaba su bolso encima de la mesa.

Yelena pensó que había hecho bien al contarle a Alex lo de Gabriela. Era un peso que se había quitado de encima y así podría centrarse mejor en otras cosas.

Como en la campaña.

La agradable, pero extraña hora que había pasado con Pam no había hecho más que acrecentar su curiosidad. No por lo que le había contado, sino por todo lo que había callado.

Ocurría siempre que se mencionaba el nombre de William Rush.

Por segunda vez en el mismo día, una idea terrible la asaltó. Era fácil para alguien que llevaba años conteniendo sus emociones, reconocer lo mismo en Pamela Rush.

Mientras la niñera recogía los platos, Yelena comprobó si tenía mensajes en el teléfono. Había uno de Melanie, deseándole buena suerte. Otro de Jonathon, recordándole que lo llamase al día siguiente. Y, curiosamente, otro muy breve de Carlos, pidiéndole que lo llamase.

Parecía enfadado.

Yelena dejó el teléfono encima de la mesa. No tenía ganas de enfadarse, después del día que había pasado.

Se soltó el pelo y se pasó los dedos por él. No sólo tenía que lidiar con Alex, sino con la extraña tensión que había en su familia.

Se preguntó si podría ser imparcial cuando todavía recordaba los besos de Alex.

–Me marcho –dijo la niñera desde la puerta–. Hasta mañana a las ocho.

Yelena le dio las gracias con una sonrisa, pero ésta se desvaneció en cuanto la puerta se hubo cerrado.

Bella tenía sueño, así que le dio el biberón, le cambió el pañal y, después de dejarla en la cama, se dispuso a trabajar.

Pero todavía no se había sentado cuando pensó que necesitaba una ducha. Se desnudó y entró en el cuarto de baño.

Éste era más grande que su dormitorio de casa, pero lo que más le llamó la atención de él, fue la bañera de burbujas.

Sobre la encimera de mármol había una docena de geles y cremas diferentes, escogió uno de color verde y lo olió.

Luego se miró en el espejo. Todas aquellas cosas bonitas, aquellos increíbles aromas, eran sólo distracciones temporales. Se observó con la cabeza ladeada, luego levantada.

«Tienes veintiocho años. Tienes éxito, eres una mujer decidida, directa». Se preguntó si se atrevería a hablar con Alex de lo que le preocupaba de Pam.

Necesitaría encontrar el lugar y el momento adecuado. Se miró a los ojos marrones, bordeados de espesas pestañas. Eran los ojos de su padre, los de Carlos y los de su hermana Gabriela.

Oyó que alguien abría la puerta y le dio tiempo a taparse con un albornoz. Se giró y vio a Chelsea.

—¿Puedo entrar? —le preguntó ésta, nerviosa.

—Claro.

Chelsea entró y ella cerró la puerta. La chica miró a su alrededor y dijo:

—Veo que Alex te ha dado la mejor habitación.

Yelena se apoyó en el brazo del sofá y sonrió.

—¿De verdad?

—Sí. Es la que utilizan cuando vienen jeques, estrellas del rock, primeros ministros. El baño es increíble. Y tiene burbujas.

—Eso he visto. Debe de ser genial vivir siempre en un sitio así.

—A Alex y a mamá les encanta.

–¿Y a ti?

Chelsea se encogió de hombros.

–Es mejor que Canberra. Nuestra casa era como un mausoleo.

–¿Y el colegio? ¿Y tus amigas?

–He tenido tutores desde enero.

–Ahh. ¿Quieres tomar algo? ¿Un refresco? –le pregunto Yelena.

–No, gracias –respondió la chica, mirando de nuevo a su alrededor–. ¿Tienes un bebé? ¿Aquí?

–Sí. Se llama Bella.

–Genial. A mamá le encantan, seguro que se ofrece a cuidarla, así que ten cuidado –comentó Chelsea sonriendo–. ¿Cuánto tiempo tiene?

–Cinco meses. Nació el dieciocho de marzo.

–¡Yo también soy Piscis! Del cuatro de marzo. Qué gracia –dijo Chelsea. Luego, hizo una pausa–. ¿Puedo preguntarte algo?

–Claro.

–¿Dijiste en serio lo de las entradas para el desfile?

–Por supuesto.

–¿Por qué?

Yelena la miró a los ojos, sonriendo.

–Porque te acordaste de mi diseñador favorito, lo que quiere decir que te gusta la moda de verdad.

La adolescente guardó silencio.

–Aunque si crees que a tu madre no va a parecerle bien…

–No, no es eso. Es que Alex nos ha contado que te ha contratado para lidiar con la prensa. Entonces, ¿por qué quieres…?

–¿Por qué me ofrezco a quedar contigo en privado?

–Sí. Después de todo lo que han dicho de mi padre, que si engañaba a mi madre y eso.

–Chelsea, la prensa se inventa cosas todo el tiempo. Yo estoy aquí para que la gente lo olvide.

–Ése es el problema –admitió la niña–, que yo creo que es verdad.

Capítulo Seis

Ambas se sobresaltaron cuando llamaron a la puerta con firmeza.

–¿Quién es? –consiguió preguntar Yelena.

–Alex.

Chelsea se puso en pie de un salto, sacudiendo la cabeza.

–Espera un minuto –dijo Yelena, al ver a la niña presa del pánico.

–Hemos discutido… se supone que tengo que estar en mi habitación… ¡Tengo que irme!

–Chelsea…

–Shh –dijo ésta, saliendo por las puertas del patio–. Puedo volver por el lago. Ya hablaremos.

Y se marchó.

Yelena cerró las puertas de cristal, atravesó el salón y abrió la puerta de entrada.

Y allí estaba Alex, en mangas de camisa.

Ella se cerró mejor el albornoz.

–Iba a darme una ducha.

–Vale –dijo él, y luego guardó silencio.

–¿Me necesitabas para algo?

–Tenemos que hablar.

Ella suspiró por dentro y abrió la puerta más.

–Si no te importa esperar, puedes entrar.

–Gracias.

Alex no era un hombre paciente. Mientras Yelena estaba en la ducha, estuvo sentado en el sofá unos veinte segundos. Los contó. Luego encendió la televisión, pero enseguida la apagó y empezó a ir y venir por el salón. Finalmente, se quedó mirando por la ventana. Cinco minutos más tarde, había perdido toda la paciencia.

No podía dejar de preguntarse si Yelena tendría algo que ver con lo que había hecho Carlos, pero según iban pasando los minutos, sólo podía pensar en ella. En la ducha. Desnuda. Con el agua deslizándose por su piel suave…

–¿De qué quieres que hablemos?

Alex se giró y contuvo un gemido. La vio envuelta en el albornoz, con el pelo mojado sobre la espalda.

Deseó besarla.

–¿Alex? ¿Ha pasado algo?

Él notó la erección y contuvo una carcajada. «Sí, ha pasado algo», pensó. Respiró hondo.

–He pedido que nos suban la cena.

–Gracias, pero no era necesario –respondió ella, recogiendo la ropa que había tirada en el suelo.

–He pensado que podríamos hablar de la campaña durante la cena. Tienes que comer.

Ella guardó silencio, asintió.

–Voy a vestirme –dijo por fin.

Entró en la habitación, se secó y se puso unos pantalones de cachemir rosa y una camiseta negra. Se recogió el pelo en una coleta, se acercó a ver a Bella, que seguía dormida, y se sintió preparada para volver a enfrentarse a Alex. Respiró hondo y salió al salón.

Nada más verlo, se estremeció. Incluso de espaldas, llamaba la atención. Era alto y fuerte, era Alex. Y siempre la había hecho sentirse femenina, incluso delicada, algo difícil teniendo en cuenta su altura.

Sintió deseo. Sabía cómo era Alex debajo de aquella ropa, conocía su pecho fuerte, sus bíceps y cómo se contraían sus músculos bajo aquella piel.

Lo vio hojear los recortes de prensa que ella había dejado sobre la mesa y vio sufrimiento en su rostro.

Le dolió el corazón por él y la compasión la hizo avanzar.

—Es una paradoja, ¿verdad? —dijo en voz baja.

—¿El qué? ¿Ser masacrado por la prensa?

—Que haya personas que piensen que has matado a tu padre y, además, te acosen con tantas noticias al mismo tiempo.

—Uno se acostumbra a todo.

—No, no es verdad. Nadie podría acostumbrarse a algo así.

—Y tú lo sabes.

Ella levantó la barbilla, se dio cuenta de que Alex estaba molesto.

—He estado ahí, Alex. Tal vez en un segundo lugar, y tal vez tuviese sólo quince años, pero recuerdo todos los detalles humillantes —dijo, apoyando las manos en las caderas—. La prensa española estuvo semanas hablando de ello. De Gabriella, la hija rebelde de doce años del senador Juan Valero. Nos seguían al colegio, sobornaban a nuestras amigas para que les diesen exclusivas. Y hasta entraban en nuestra casa de veraneo. No podíamos vivir, no podíamos respirar, sin que saliese otro titular. Vinimos a Australia para escapar de eso.

Hizo una pausa para respirar, tenía el rostro colorado.

—Así que no me digas que no sé cómo es. Lo he vivido.

Alex la miró fijamente.

Ella frunció el ceño.

—¿Gabriela no te lo contó?

—No. Sólo me dijo que habían trasladado a vuestro padre a la embajada española.

—Mi padre luchó por conseguir ese puesto, por mucho que le horrorizase a mi madre. Para ella, Australia era una cloaca sin cultura. Mi padre gastó mucho tiempo y dinero, y muchos besos, para asegurarse de borrar nuestro pasado.

—¿Por eso eres…?

Yelena arqueó una ceja.

—Una pacificadora —terminó Alex—. Siempre lo has sido.

—¿Eso piensas?

—Sí, nunca te he visto empezar una pelea de manera deliberada.

—Pues he empezado unas cuantas —replicó Yelena en tono seco.

—Pero no en público. Supongo que por eso estás donde estás. Porque se te da muy bien.

Alex pensó que Yelena era la persona indicada para limpiar el apellido Rush. Era apasionada, convincente y comprometida.

Algo debió de delatarlo, tal vez la expresión de su rostro, porque ella le sonrió. Era la primera sonrisa sincera que le dedicaba desde que había entrado en su despacho de Bennett & Harper.

–Alex, tengo que preguntarte…

–¿Sí?

Yelena tragó saliva al darse cuenta de que Alex la estaba devorando con la mirada.

En ese momento llamaron al timbre y ella se sobresaltó. Alex, por su parte, sonrió.

Yelena lo fulminó con la mirada y fue a abrirle la puerta al botones, que entró y empezó a preparar las cosas de la cena.

Alex había pedido una bandeja de marisco variado, ensalada y patatas fritas.

–¿Te parece bien? –le preguntó a Yelena.

–Ya sabes que sí.

El marisco y las patatas fritas eran sus comidas favoritas, y Alex lo sabía. Ella le sonrió. ¿Querría hacer las paces?

Alex le ofreció una silla.

–¿Cenamos?

A pesar de que Alex había dicho que tenían que hablar de negocios, ambos se sirvieron en silencio.

Yelena probó la comida y gimió de placer.

Alex sonrió.

–Todo el mérito es de Franco, me lo traje del restaurante Icebergs, en Sydney. Prueba las patatas con la salsa alioli.

Ella obedeció y volvió a gemir. Alex sonrió divertido.

–Te lo dije –murmuró antes de volver a comerse otro bocado.

Y Yelena notó que le subía la temperatura. Le costó aclararse la garganta, pero lo hizo.

–Tengo unas ideas para tu campaña –anunció.

–Qué rapidez –dijo él sorprendido.

–Para eso me has contratado.

Yelena había decidido dirigir la conversación hacia aguas neutrales, ¿por qué le decepcionaba que Alex se hubiese puesto serio de repente?

–Continúa –la alentó él.

–Creo que deberíamos empezar a escala local. Hacer una especie de fiesta o celebración que incluya a la comunidad y a los empleados de Diamond Bay –dijo, dejando los cubiertos en la mesa e inclinándose hacia delante–. El décimo aniversario del complejo es al año que viene, ¿no?

Alex asintió.

–Para empezar, podrías dar una fiesta… digamos, el uno de septiembre, para celebrar la primavera. Podría ser una muestra del arte local. Invitaríamos a cocineros, músicos, artistas, decoradores. Sería un acontecimiento social y muy práctico al mismo tiempo.

Yelena hizo una pausa para respirar y miró a Alex expectante, pero éste siguió en silencio.

–¿Qué? ¿Qué te parece?

–Sólo faltan dos semanas para el uno de septiembre –dijo él por fin.

–He organizado eventos en menos tiempo, y como utilizaríamos recursos y mano de obra externos, la carga de trabajo para Diamond Falls sería menor.

–Ya.

–Tus abogados tendrían que encargarse del seguro. También necesitaríamos una persona que se encargase de los suministros y, otra, de la prensa. Creo que tienes una oficina de prensa y un departamento para la organización de banquetes, ¿no?

–Sí. Veo que lo tienes todo pensado.

–Sí. Aunque, en realidad, la idea fue de tu madre.

Alex levantó la vista del plato y se llevó el tenedor a la boca muy despacio.

Yelena asintió.

–Me habló de los músicos y artistas locales, de su talento, y me dijo que quería ayudarlos a promocionar su trabajo.

–Ya –se limitó a decir Alex mientras masticaba–. ¿Tienes cifras, detalles?

–Tendría que hablar con uno de tus contables, ¿qué tal mañana?

Él bebió de su copa de vino.

–Lo organizaré.

–¡Estupendo! –exclamó ella, aliviada, antes de volver a comer.

Por suerte, el tema los mantuvo entretenidos hasta después del café. Alex llamó al servicio de habitaciones para que recogiese la mesa y todo iba bien hasta que sonó el teléfono de Yelena.

Era Carlos.

–¿Dónde estás?

–¿Por qué? –preguntó ella, mirando a Alex y yendo hacia el cuarto de baño.

–¿Estás con… Alex Rush?

–Otra vez, ¿por qué? –preguntó ella, cerrando la puerta.

–¡Maldita sea, Yelena! Te dije que te mantuvieras alejada de él. ¿Qué te pasa? Antes eras tan…

–¿Dócil?

–Sensata. La gente habla.

Algo en el tono de voz de su hermano la molestó. Mucho.

–¿Y qué hay de nuevo en eso? ¿No puedo trabajar sin que la gente se invente mentiras acerca de mí?

–¿Es tu cliente? –inquirió Carlos.

–Yo no he dicho eso.

–Pero has querido decirlo –dijo él, suspirando–. Tienes que buscarte un novio, Yelena.

–Tal vez él sea mi novio, Carlos. Tal vez quiera tenerme de amante mantenida y yo haya aceptado bailar desnuda para él todas las noches. Sea cual sea el motivo, ¡no es asunto tuyo!

Dicho aquello, Yelena colgó el teléfono y abrió la puerta del baño para salir, pero, al hacerlo, estuvo a punto de chocar contra Alex.

–¿Estás bien?

–Sí –respondió ella.

–Pues no me lo ha parecido.

–Era Carlos –le contó Yelena, pasando por su lado–. Se está portando como un cretino.

A pesar de lo enfadada que estaba, no podía evitar sentir la presencia de Alex. Ambos volvieron al salón y ella se dejó caer en el sofá.

–Piensa que tú y yo… –empezó–. No pensé que supiera que estoy aquí.

Alex se sintió culpable, él mismo se había encargado de que Carlos se enterase.

–¿Y eso importa?

–A él le importa. ¿Qué demonios le has hecho?

Él apretó la mandíbula involuntariamente.

–Tal vez no sea todo culpa mía.

–Yo no he dicho que lo sea –contestó Yelena–, pero es extraño. ¿Por qué piensa que tenemos algo? Nunca nos ha visto juntos… quiero decir… ¿no?

–No que yo sepa.

–Bueno, una vez fui a verte al trabajo y Carlos estaba allí –admitió ella.

–¿Cuándo?

–El uno de septiembre. Era el cumpleaños de Gabriela. Ella me pidió que pasase por allí para que recogiese la tarta, pero apareció tu… –hizo una pausa, tragó saliva–. Tu padre.

Los dos se miraron fijamente. Alex recordaba muy bien aquella noche y la discusión que había tenido con su padre.

–¿Carlos estaba allí?

Yelena asintió despacio.

–Lo vi marcharse cuando yo entraba a la cocina a por la tarta. Después de que… tú y yo estuviésemos en tu despacho.

Alex la miró en silencio. Si Carlos había estado allí… si los había oído… Entonces, tal vez no hubiese sido Yelena la que se lo hubiese contado todo.

Alex se levantó de un salto.

–Tengo que marcharme.

–¿Alex?

Él salió por la puerta, negándose a mirar atrás.

Capítulo Siete

El martes pasó entre reuniones, llamadas y presupuestos y el miércoles, Yelena estaba trabajando en su despacho cuando le sonó el teléfono móvil.

—Hola, papá.

—Yelena, Carlos nos ha contado quién es tu nuevo cliente. Alexander Rush. ¿Es verdad?

Yelena suspiró antes de responder con firmeza:

—Sí, pero es confidencial. No se lo puedes contar a nadie.

—No lo haré, pero ¿crees que es sensato volver a mezclarte con esa familia?

—Es mi trabajo, papá —respondió ella.

—Eres una Valero —le advirtió su padre.

—¿Y?

—No me gusta tu tono, Yelena. Y ese hombre ha estado acusado de asesinato.

—Fue absuelto, papá.

—De todos modos, no es el tipo de persona, ni de familia, con la que quiero que trates.

—Es mi jefe quien escoge mis clientes, no yo —replicó ella.

—¿Y cuando seas socia? ¿Podrás decidir entonces? —quiso saber su padre.

Ella levantó la vista y vio a Chelsea en la puerta, sonriendo, con una bandeja en las manos.

–¿Te importa si hablamos luego? Tengo que irme.

–Yelena…

–Papá, estoy trabajando.

Él suspiró.

–Hablaremos cuando vuelvas a casa –le dijo, y colgó.

Yelena dejó el teléfono encima del escritorio.

–¿Quieres desayunar? –le preguntó Chelsea–. Me han dicho que no has llamado al servicio de habitaciones. Te he traído tostadas, café y fruta. Si no te gusta, Franco puede prepararte algo más elaborado…

–Me gusta la comida sencilla –dijo Yelena sonriendo–. Gracias.

Las dos comieron juntas, en silencio. Después de la segunda tostada, Yelena dejó la taza de café en la mesa y le dijo a la chica:

–Chelsea, ¿podemos hablar de lo que me dijiste la otra noche? ¿Acerca de tu padre?

–¿Qué pasa con mi padre?

Yelena se calentó las manos con la taza de café y se echó hacia delante sonriendo.

–Gabriela me contó que erais amigas. ¿Sabes una cosa? Creo que le gustabas más tú que Alex.

Chelsea se echó a reír, pero luego se puso muy seria de repente:

–¿Por qué has dicho que le gustaba?

Yelena la miró a los ojos.

–Voy a contarte algo que no debería saber nadie, pero pienso que debes saberlo. No sé cómo decirlo… Gabriela… bueno, murió.

Chelsea dio un grito ahogado y Yelena le agarró la mano.

–¿Cómo? ¿Cuándo? –consiguió preguntar por fin.

–En marzo. Estábamos en Alemania. La llevaron al hospital, pero había perdido mucha sangre y no pudieron hacer nada por ella…

–¿Fue un accidente? ¿De coche?

Yelena sólo pudo asentir al ver las lágrimas en los ojos de la hermana de Alex. «Perdóname por la mentira piadosa, pero es necesaria», pensó.

Chelsea se puso a llorar y la abrazó. Yelena contuvo las lágrimas y cuando la chica se apartó de ella, le ofreció un pañuelo.

–Siento no habértelo contado antes –le dijo.

–No pasa nada –respondió Chelsea, limpiándose las mejillas–. La echo de menos.

–Yo también.

–Ella… era la única a la que podía contarle las cosas.

–¿Qué tipo de cosas? –le preguntó Yelena.

–Cosas –repitió la chica, encogiéndose de hombros–. Como lo que quería hacer con mi vida. Los lugares a los que quería ir. Ella había viajado mucho.

Yelena sonrió.

–Sí, le encantaba viajar.

–Era genial –dijo Chelsea sonriendo–, y siempre tenía tiempo para mí. Como tú.

A Yelena le gustó oír aquello.

–Gracias.

Entonces, Chelsea se puso tensa y levantó la vista, Yelena siguió su mirada y un segundo más tarde, vio entrar a Alex por la puerta.

–Son las nueve y media –dijo éste.

–Sí –respondió Yelena, terminándose el café y dejando la taza en la bandeja–. ¿Querías algo?

Alex miró a Chelsea.

–¿No tienes clase?

–Todavía no –respondió su hermana.

–¿Por qué no vas a ver si mamá quiere desayunar?

–Creo que ya…

–Chelsea. Márchate.

–Vale –respondió ella, tomando su bolso y fulminándolo con la mirada.

Luego sonrió a Yelena y salió de la habitación.

Yelena hizo una mueca, y Alex entró del todo y cerró la puerta tras él.

–¿Cómo está tu…? –hizo una pausa y añadió–: ¿Bella?

–Está bien.

–¿Necesita algo?

Yelena sonrió.

–Aparte de comer, dormir y que le cambien el pañal, no. Sólo tiene cinco meses.

–Vale.

Yelena inclinó la cabeza hacia un lado.

–¿Cuántos años tenías cuando nació Chelsea, quince?

Él asintió.

–Pero casi no la veía. Estaba siempre con niñeras.

–Pues a tu madre no parece importarle mancharse las manos –comentó ella.

–Fue idea de papá.

–Ah.

Aquél era otro comentario desfavorable más dirigido a William Rush. Ella no se imaginaba estar separada de su hija y no darle la comida, el baño y disfrutar de ella.

Alex debió de imaginar lo que estaba pensando, porque arqueó una ceja.

–Cuéntame lo que estás pensando –le dijo.

–Es sólo que… –tomó los papeles que tenía encima de la mesa y evitó su mirada–. Conozco a muchas personas que han ido a la universidad, que han conseguido un buen trabajo y se han centrado en su carrera. Trabajan duro y salen de fiesta, pero siguen esperando que algo le dé sentido a sus vidas. Una gran pasión. Un bebé te cambia la vida –levantó la vista por fin–. Supongo que todas las madres nos sentimos así.

–Al menos, las buenas –comentó él.

Ella sonrió débilmente.

–¿Quieres ver lo que he estado haciendo? –le preguntó.

Alex asintió con firmeza y se sentó. Por suerte, Yelena no había mencionado lo ocurrido el lunes por la noche.

Él había estado tan seguro de su implicación en todos sus problemas, que no se le había ocurrido pensar que el propio Carlos hubiese oído la conversación que había tenido con su padre. Y que Yelena pudiese ser inocente. Así que Alex ha-

bía pasado el día ante[...]
ideas, hasta que se hab[...]
bía leído los periódicos. [...]

Había sentido ira y asco [...]
acerca de William Rush y, en e[...]
te desconocida.

Había deseado romper la panta[...]
dor, pero, en su lugar, se había servi[...] whisky.
Luego, había tirado el vaso al suelo d[...] patio y,
mientras recogía los fragmentos, en vez de pensar en Carlos, había pensado en Yelena.

¿Cómo podía ser tan difícil tomar una decisión?

Ya la tenía allí, pero lo que sentía al estar cerca de ella no era lo que había esperado sentir. Y,
además, tenía una hija, y no era suya.

¿Por qué se le hacía un nudo en el estómago
cada vez que se la imaginaba en la cama con otro?

«Porque… porque… es mía», pensó.

—Como ves, el coste de la decoración será…

Yelena dio un grito ahogado cuando Alex alargó el brazo para tomar los papeles y lo que agarró
fue su mano.

Sus miradas se cruzaron y ella parpadeó con
fuerza y se apartó.

Y Alex deseó algo más, pero el momento pasó
demasiado pronto y eso lo entristeció.

Leyó los papeles y dijo:

—Cuéntame el resto del plan.

Ella tragó saliva con nerviosismo y empezó:

—Después de la fiesta, tu madre ha sugerido
que nos centremos en la comunidad local. Le encanta la zona y quiere ayudar a sus habitantes.

...ama de escolarización y haciendo ...onaciones.

—¿Y su trabajo en Canberra? ¿No se verá perjudicado si asume más compromisos?

—Alex... —Yelena dudó—. ¿No te lo ha contado?

—¿El qué?

—Que sigue haciendo donaciones, pero ha dimitido de las juntas de las organizaciones.

—Ya veo —respondió él.

—Pam ha querido dimitir. Alex, escúchame. Después de los rumores... —hizo una pausa—. Mira, no quiero meterme en vuestros problemas familiares...

—No lo estás haciendo. Ya les he contado a las dos por qué estás aquí, lo que debería facilitar tu trabajo.

Yelena supo que aquello no tenía nada que ver con la campaña, pero asintió.

—Gracias, pero si no estamos todos en la misma onda...

—Lo hago por ellas —comentó Alex, que se había puesto tenso.

—Lo sé, pero tal vez no opinen como tú. Chelsea, por ejemplo, está —se calló para buscar la palabra adecuada— hostil. ¿Por qué no lo hablamos todos juntos?

Alex no respondió.

—Estoy aquí para ayudaros. A todos —añadió ella.

Él señaló el papel.

—¿Y esto?

—Es la lista de los periodistas invitados a la fiesta, que empezará sobre las cuatro de la tarde y terminará por la noche. También hay que hacer una lista de invitados. Pam me ha dado la suya, así que todo depende de ti.

Él la miró a los ojos.

—Cena conmigo.

—¿Perdona? —dijo ella confundida.

—Que cenes conmigo.

—¿Por qué?

—¿Y por qué no?

—Porque no trabajo después de las seis de la tarde —respondió ella.

—Pero los bebés duermen. Mucho.

Yelena se quedó mirándolo y sopesando las ventajas y los inconvenientes de cenar con él. Podría obtener más información acerca de su familia.

—Está bien.

Alex sonrió de medio lado y Yelena no pudo evitar devolverle la sonrisa, como una tonta.

—Estupendo —dijo Alex levantándose con los papeles en la mano—. Ponte vaqueros y espérame en recepción a las seis y veinte.

—Espera, pensé que íbamos a cenar en mi habitación.

Él volvió a dedicarle otra arrebatadora sonrisa.

—Te vendrá bien algo de aire fresco. Yo llamaré a Jasmine para que se quede con Bella.

Y se marchó. Yelena se dio cuenta demasiado tarde de que un Alexander Rush sonriente y encantador era mucho más preocupante que uno enfadado y combativo.

Capítulo Ocho

Esa tarde, Yelena estaba trabajando en su habitación, con Chelsea sentada enfrente, en la alfombra de su habitación, cuando ésta le preguntó:

—¿Desde cuándo sales con mi hermano?

—¿Qué te hace pensar que salimos juntos? —le preguntó ella, levantando la vista del ordenador.

—Que os miráis como si estuvieseis deseando quedaros solos para devoraros el uno al otro.

—¡Chelsea! —exclamó ella—. Eso… eso…

—¿No es asunto mío?

—Exacto —respondió Yelena, cerrando el ordenador—. Ahora, tengo que ir a ducharme.

—Para la cena, ¿no?

—Sí.

—¿Con Aaaalex? —inquirió Chelsea guiñándole un ojo.

—¡Eres…!

Sonriendo, Yelena tomó a Bella en brazos y desapareció por el pasillo. Cuando volvió al salón media hora más tarde, toda compuesta, Chelsea la miró con desaprobación.

—¿Qué pasa? —le preguntó ella.

—¿Por qué te has recogido así el pelo?

—¿No te gusta?

–No. Déjatelo suelto y recógetelo sólo en los lados. Ve al espejo, te enseñaré cómo.

La adolescente hizo que se sentase en una silla y encendió la luz.

–Se te da bien –le dijo Yelena al ver cómo la peinaba–. ¿Nunca has pensado en dedicarte a la moda?

–Me paso el día pensándolo –admitió Chelsea.

–¿Y por qué no lo haces?

–Porque es complicado. Alex y yo discutimos la otra noche al respecto. Se me da bien el tenis y se han gastado mucho dinero en mis entrenamientos. Y Alex y mamá…

–Olvídate de lo que piensen los demás un instante. ¿Qué quieres hacer tú?

–Quiero… estudiar diseño. Tal vez trabajar en una revista. Ya está, terminado.

Yelena se levantó.

–Pues deberías hacerlo.

Ambas se miraron a los ojos a través del espejo y Yelena vio algo en la expresión de la chica.

–Necesito contarte algo… algo personal.

–Está bien –le dijo Yelena, dispuesta a escucharla.

–Se trata de mi padre… Yo… Quiero hacer una declaración oficial. ¿Puedes ayudarme?

Yelena frunció el ceño.

–¿Qué quieres decir?

–Estoy harta de que todo el mundo piense que mi padre era un Dios.

–¿Qué hizo tu padre, Chelsea? –le preguntó Yelena.

–Era un controlador. Elegía a mis amigas dependiendo de sus padres. Decidió que yo debía jugar al tenis y entrenar cuatro horas diarias. Era un asco. Se puso como loco cuando le dije que quería ser diseñadora de moda. Y… –apartó la mirada–. Trataba a mamá como si fuese idiota, siempre supervisaba su ropa, decidía quiénes debían ser sus amigas. Gritaba por cualquier cosa y ella… yo… –se ruborizó–. Lo que está saliendo en la prensa no es suficiente para hacer justicia.

–Chelsea… ¿Tienes pruebas de que le fuese infiel a tu madre?

–No, pero no me extrañaría.

–¿Has hablado de esto con Alex?

–No –respondió ella–. Ése es mi problema. No quería contárselo, con todo lo que está pasando.

–Yo creo… –empezó Yelena, pero en ese momento sonó el timbre de la puerta–. Debe de ser Jasmine. Mira, Chelsea, deberías hablar antes con tu madre. Y luego, lo hablaremos también con Alex, ¿de acuerdo?

–De acuerdo.

–Bien. Quiero ayudarte.

Chelsea asintió y señaló la puerta con un movimiento de cabeza.

–Deberías marcharte. Alex odia que lo hagan esperar.

Yelena puso los ojos en blanco y sonrió.

–Lo sé.

Al llegar a recepción, Yelena se quedó de piedra nada más ver a Alex, al otro lado de las puertas de cristal.

Era la fantasía de cualquier mujer hecha realidad, todo vestido de cuero. Ella se llevó la mano al colgante y se sintió aturdida. Entonces, Alex se miró el reloj, levantó la vista y le sonrió, y ella deseó salir corriendo hacia él, poner los brazos alrededor de su cuello y besarlo.

Pero no podía hacerlo.

Ruborizada, miró a su alrededor y vio una…

–Moto.

Alex sonrió más y a ella se le volvió a cortar la respiración.

–Pero no una moto cualquiera… Una Shinya Kimura. El único modo de conocer los alrededores del complejo. Toma –añadió, dándole un casco.

Ella se lo puso e intentó abrocharlo.

–Déjame a mí –le dijo Alex, ayudándola.

Yelena notó cómo reaccionaba su cuerpo al tocarla y se sintió como una adolescente nerviosa.

Alex tomó una chaqueta de cuero que había encima del asiento de la moto y se la puso sobre los hombros. Esperó a que ella metiese los brazos y, luego, se la abrochó.

Mientras lo hacía, la miró a los ojos con sentido del humor… y con algo más. Luego, se apartó.

–Ya está. Vamos.

Alex se subió a la moto y ella apoyó las manos en sus hombros y lo imitó. Su cuerpo golpeó el de él y Yelena intentó echarse hacia atrás, pero no pudo.

–Deja de moverte o me vas a desequilibrar –le advirtió él.

Luego, encendió el motor y la moto echó a andar.

–¡Agárrate! –le dijo Alex.

Y ella se aferró a su cintura con fuerza.

Era una experiencia extraña y maravillosa. Era la primera vez que Yelena montaba en moto. La velocidad, el aire golpeándola, haciéndola sentirse completamente vulnerable, hizo que dejase escapar una carcajada. Era normal que tuviese que ir pegada al cuerpo de Alex.

Pero, según fueron pasando los minutos, empezó a excitarse al tenerlo entre sus muslos.

Cuando éste disminuyó la velocidad, Yelena ardía de deseo por él y tenía la boca como si llevase una hora besándose con alguien.

Alex detuvo la moto y a ella le costó mover las piernas.

–Al principio es un poco duro, pero te acostumbrarás –le dijo él, quitándose el casco y sonriendo.

«¿Me acostumbraré?», se preguntó ella, quitándose el casco también.

Alex la agarró de los hombros y la hizo girar.

–Mira eso.

El sol se estaba poniendo entre las montañas y ambos pasaron varios minutos allí, inmóviles, viendo cómo el cielo se oscurecía y se teñía de rojo.

–Guau –dijo ella después de un rato.

–Sí. Es increíble, como Diamond Falls. Nunca me canso de ver esta puesta de sol –admitió Alex–. ¿Cenamos?

La guió hacia unas luces y salieron a un claro rodeado de calefactores. Sorprendida y en silencio, Yelena vio a un camarero que estaba terminando de poner una mesa.

Miró a Alex, que sonreía satisfecho, y luego volvió a mirar la mesa sin dejar de tocarse el colgante.

Alex hizo un gesto al camarero para que se marchase. El hombre asintió, se subió a un cuatro por cuatro y desapareció en la noche.

Alex la acompañó hasta la mesa y le ofreció una silla.

Nada más sentarse, Yelena tomó la copa de agua y le dio un trago.

—¿Espaguetis a la carbonara? —dijo él.

—Gracias —dijo ella, sirviéndose de un cuenco—. Esta tarde he hablado con Kyle de las cuentas. Debería darme un presupuesto completo mañana. Cathie, tu jefa de prensa, me está ayudando con todo el tema local y estamos redactando un comunicado juntas —tomó el tenedor—. Cuanto antes lo anunciemos, mejor. Luego haremos las invitaciones. ¿Puedes darme tu lista mañana?

—Claro.

Yelena dejó el tenedor y tomó su copa de vino.

—Gracias por contarles a Pam y a Chelsea el motivo de mi estancia aquí.

Él asintió y siguió comiendo.

—Pensé que era mejor ser sincero —admitió él—, pero ¿te importaría no estropear las vistas hablando de trabajo?

—Ah, pero…

—Por favor.

Ella se estremeció sólo de oír aquellas dos palabras.

—Está bien.

Desconcertada, se concentró en su cena.

–¡Está delicioso! –exclamó, poniendo los ojos en blanco–. Creo que estoy enamorada.

Alex se echó a reír.

–Lo siento, pero Franco está ocupado.

Yelena suspiró de forma exagerada.

–Los buenos siempre lo están.

Se miraron a los ojos, ambos sonriendo, pero el momento duró más de lo necesario y Yelena se dijo que aquello era mucho más que una cena.

Tomó otro bocado de pasta.

–No corras tanto –le dijo él, bromeando–. La comida no va a marcharse a ninguna parte.

–Está tan rico.

–A veces, es mejor ir despacio –continuó Alex–. Es mejor saborearlo todo: el sabor, la textura, que querer llegar demasiado pronto al final. La recompensa es mucho más… placentera.

Yelena estuvo a punto de atragantarse. Intentó mirarlo con frialdad, pero no fue capaz, con Alex dedicándole aquella sonrisa.

Bajó la vista al plato un momento y luego lo miró a los ojos.

–¿Me has invitado a cenar para intentar seducirme, Alex? –le preguntó directamente.

Él no se inmutó.

–¿Quieres que lo haga?

–No –mintió Yelena.

–¿Por qué no?

«Porque no creo que pudiese volver a olvidarte por segunda vez», pensó.

–¿Por qué querrías hacerlo? Nos hicimos daño, Alex, y nuestro pasado es complicado.

–Sí, pero aquí estamos. Ahora.

Alex se levantó con la gracia de un bailarín muy masculino y se puso a su lado.

Ella se levantó también, nerviosa.

–Soy tu agente, Alex.

–¿Tiene Bennett & Harper alguna cláusula de moralidad que yo desconozca?

Yelena se preguntó cómo podían estar tan cerca, el olor de Alex estaba invadiendo todos sus sentidos. Olía a cuero, a pasión, a desafío y a calor. A perder el control. A Él.

–¿Cláusula de moralidad…? –repitió–. No.

Él la tomó de la mano, haciendo que se estremeciese.

–¿Ves? –añadió–. Tenemos algo.

–Pero eso no significa que esté bien.

–Ni que esté mal tampoco.

–Alex…

–¿Sabes cómo me afecta, oírte decir mi nombre? –murmuró él.

Y, de repente, se había acabado el tiempo de hablar.

Alex la tomó como si supiese que ella estaba de acuerdo. Y lo cierto era que Yelena lo había echado de menos. Había echado de menos el modo en que su risa la envolvía. Había echado de menos su sentido del humor y sus coqueteos. Había echado de menos la suavidad de su piel. Había echado de menos la sensual curva de su boca y el modo en que hacía que ella desease perderse.

Cuando Yelena se inclinó hacia él, con los labios temblorosos, Alex tuvo la sensación de que había triunfado. Lo deseaba. Había conseguido que lo desease. Gimió y se sintió como siempre lo hacía sentir Yelena, y la apretó contra su pecho.

Ella no protestó, lo que lo excitó todavía más, pero cuando iba a besarla, Yelena le puso la mano en el pecho y se lo impidió.

Él la miró a los ojos. ¿No quería…?

–Déjame.

Él la deseó aún más al oír aquello. Deseó desnudarla y hacerla suya allí, en el suelo, rodeados de vegetación.

Yelena puso las manos en su cuello y las enterró en su pelo. Luego, sus labios acariciaron los de él un segundo. Después, otro. Tomó aire como si besarlo fuese algo doloroso, pero entonces lo miró a los ojos y sonrió. Y él le devolvió la sonrisa.

Ya nada podría detenerlo.

Ella volvió a besarlo, con los ojos abiertos, haciéndole perder el control por completo.

Alex la abrazó y frotó la erección contra su vientre. El familiar aroma de su piel la asaltó. Y su sabor… Su sabor era algo que siempre le había encantado. Lo había echado de menos. Él le mordisqueó el labio superior, jugó con él unos segundos. Después, la besó con pasión.

Luego, la apoyó en la mesa y dejó de besarla para decirle:

–Siempre he querido hacer esto.

Limpió la superficie con el brazo y ella rió al oír cómo se rompían los platos y las copas al caer.

–No puedo esperar –añadió Alex.

La levantó y la sentó en la mesa antes de volver

a besarla. Aturdida y borracha con sus besos, Yelena casi no se dio cuenta de que le estaba desabrochando los vaqueros para meterle la mano y acariciarle entre las piernas. Gimió y sintió que el deseo invadía sus piernas, sus pulmones.

Alex le bajó los pantalones y las braguitas y ella dio un grito ahogado al notar el frío de la mesa. Él le acarició los muslos.

–¿Tienes frío? –le preguntó.

Ella negó con la cabeza y él le sonrió. Los ojos azules le brillaban de deseo.

La estaba estudiando con la mirada, captando su expresión, cada pequeño movimiento de su rostro mientras seguía acariciándole los muslos y subiendo las manos hacia la parte más íntima de su cuerpo. Cuando notó que Yelena se estremecía, él se echó a reír, sin separar la mirada de la de ella, decidido a no ser el primero en romper el contacto.

Arqueó una ceja de forma seductora y ella sonrió.

De pronto, Alex se puso de rodillas, le separó las piernas y el mundo dejó de girar.

La besó entre los muslos, y su respiración caliente hizo que Yelena se volviese a estremecer.

–Relájate, Yelena, y disfrútalo.

Y ella se echó hacia atrás y se dejó llevar por el placer.

–Alex… –gimió, y no le dio vergüenza.

Él seguía acariciándola con la boca y la lengua, hasta que Yelena notó que estaba a punto de llegar al clímax. Entonces Alex se apartó y la besó en el muslo.

Ella apretó los dientes, frustrada.

Y él le acarició las piernas.

Yelena empezó a acariciarle la erección hasta hacerle perder la cabeza. Se puso a temblar y notó que llegaba al clímax.

Alex se controló, quería esperar a que Yelena hubiese terminado antes de hacerlo él.

La oyó gritar, casi de manera triunfante. Y sintió una gran satisfacción. La besó por última vez entre las piernas, se incorporó y se bajó los vaqueros.

La vio echada hacia atrás, apoyada en los codos, y le pareció una imagen tan erótica que no pudo esperar más para colocarse un preservativo rápidamente y penetrarla.

Ambos empezaron a respirar al unísono y Alex tuvo que hacer un esfuerzo para controlarse. Quería saborear el momento. Casi ni se dio cuenta de que Yelena se había quitado la camiseta y el sujetador y se había quedado completamente desnuda para él.

Se quedó sorprendido al verla. Se inclinó hacia delante y enterró el rostro entre el valle de sus pechos.

–Dios, Yelena –susurró contra su piel–. Si el mundo se acabase esta noche, me moriría feliz.

Ella se echó a reír, pero cuando Alex le acarició un pecho con la lengua, dio un grito ahogado.

Él sonrió. Siguió lamiéndole el pecho y notó cómo Yelena se contraía por dentro.

La miró a los ojos sin dejar de sonreír, y pasó al otro pecho sin prisas mientras notaba que ella volvía a prepararse para el clímax.

–Alex, por favor…

–Tranquila –le dijo él, poniendo una mano en su vientre, como si fuese un caballo.

Yelena levantó las caderas y contrajo los músculos internos de su sexo mientras gemía suavemente. No pudo controlarse, se abrazó a su cuello y le susurró al oído algo tan erótico que se sorprendió hasta a sí misma.

Pero tuvo el efecto deseado. Alex gimió como un animal y empezó a moverse con más fuerza hasta que notó que llegaba al orgasmo, sólo unos segundos después de ella. El placer explotó en su interior y oyó un gruñido, que debía de ser suyo y que le sorprendió, aunque al mismo tiempo se sintió orgulloso de que aquella mujer fuese suya.

Luego le apoyó una mano en el pecho y se quedaron así unos segundos, recuperando la respiración.

La notó temblar y se apartó de ella.

De repente, Yelena se sintió perdida, con el aire frío golpeándole la piel. Buscó su ropa enseguida y oyó cómo Alex hacía lo mismo.

Sin saber por qué, se puso nerviosa, pero de un modo negativo. Se puso los pantalones vaqueros mientras oía cómo Alex llamaba por teléfono y pedía que fuesen a recoger la mesa. Ella siguió en silencio, aunque quería, necesitaba, decir algo más, pero no podía. Se inclinó a subirse la cremallera de las botas. «Di algo, lo que sea».

–Yelena.

–Por favor, no digas nada que lo estropee –le pidió ella, negándose a mirarlo a los ojos mientras se abrochaba la chaqueta.

No le hacía falta levantar la vista para saber que Alex tenía el ceño fruncido.

—¿Nos vamos? —le dijo él en voz baja un momento después.

Ella se metió las manos en los bolsillos de los vaqueros y asintió.

Fueron hacia donde estaba la moto en silencio. Y, de camino a Diamond Falls, Yelena se permitió disfrutar del calor del cuerpo de Alex, a pesar de sentirse culpable por ello.

Empezó a hacerse preguntas. Tenían química, pero ¿y futuro? Su pasado pesaba demasiado, había demasiados secretos que no eran de ella y que no podía revelar.

«No se lo puedes contar a nadie. A nadie». Por el bien de Bella, por el de Yelena, Gabriela le había hecho jurar que guardaría el secreto.

Miró hacia la oscuridad de la noche y las lágrimas empezaron a correr por sus mejillas.

Capítulo Nueve

A la mañana siguiente, Pam, Alex y Yelena se reunieron en el despacho de ésta.

Yelena iba vestida con un recatado pantalón gris y camisa de seda azul, pero cada vez que Alex la miraba, se le calentaba la piel como si hubiese estado en ropa interior. Y luego recordaba lo ocurrido la noche anterior. Yelena se había quedado con una incómoda sensación de anhelo.

Al volver a Diamond Bay, se había bajado de la moto antes de que Alex apagase el motor, le había dado las gracias por la cena y se había ido casi corriendo a su habitación.

—¿Quieres café, Yelena?

Levantó la vista para mirar a Pam, que tenía una taza en la mano.

—Sí, gracias —le respondió, con una sonrisa en los labios.

Dio un sorbo y luego dejó la taza encima de la mesa.

—He pensado que podríamos hablar de qué queremos con esta campaña. Todos sabemos lo que ha publicado la prensa durante los últimos meses, y mi intención es darle la vuelta.

—¿Cómo vas a hacer que todo el mundo olvide

lo que se ha dicho en los periódicos? –preguntó Alex, con una ceja arqueada.

–Eso no puedo hacerlo. Tenemos que centrarnos en las cosas buenas: las obras de caridad, los trabajos con la comunidad, para contraatacar. Por ejemplo, Pam… –sonrió a la madre de Alex–. Tu idea de la fiesta me encantó. Ya tengo un plan de acción en el que podemos trabajar.

A Pam se le iluminó el rostro.

–Estupendo. He pensado que podríamos alquilar ropa de la boutique a la gente de aquí, para que puedan venir vestidos de manera elegante, pero no sientan que estamos haciendo un acto de caridad con ellos.

–Buena idea –dijo Yelena sonriendo–. Tiene que ser una acción lenta, pero constante a lo largo de los próximos meses. También quería hablaros del tema de las entrevistas.

–¿Qué quieres que digamos? –la interrumpió Alex.

Yelena lo miró a los ojos, pero antes de que le diese tiempo a responderle, él añadió:

–Espera, quería decir que qué es lo que debemos decir.

–La verdad –respondió ella.

El rostro de Alex se ensombreció.

–El público ya tiene la verdad.

–Pero no dicha por vosotros.

–Yelena tiene razón, Alex –comentó Pam–. Tú no has dicho nada acerca de… esa noche.

–Mamá. ¿De verdad quieres que vuelva a desenterrar el tema?

Madre e hijo se miraron con complicidad y Alex frunció el ceño.

–Está bien –dijo después–. ¿Qué más tienes, Yelena?

–Alex –dijo ella con firmeza–. Llevo trabajando en esto desde que salí de la universidad, hace casi ocho años. He llevado cientos de campañas de músicos, políticos, médicos y banqueros de toda Australia.

–Lo que…

–Por favor, deja que termine. Me elegiste porque soy buena, así que, ¿te importaría confiar en mí?

–Confío en ti –respondió él sin dudarlo.

–¿Y piensas que voy a hacer algo sin tu aprobación?

–No.

–Entonces, confía en mí –le dijo, tendiéndole una lista–. Habrá entrevistas, sí, pero sólo con periodistas a los que conozca bien. Personas justas y compasivas.

–Claro –replicó él, en tono irónico.

Eso la molestó.

–Sí. Lo creas o no, también hay buenas personas en la prensa. Diamond Falls tiene una excelente política medioambiental, y eso le encanta a la gente. Si quieres, podemos hablar del tema.

Pam asintió entusiasmada y Yelena supo que había acertado.

–¿Prácticas de Chelsea en una revista de moda? –leyó Alex de la lista.

–Sí. Ésa tiene una ventaja adicional –dijo Yelena–. Conozco al editor jefe de *Dolly's*. Está preparando una serie de artículos sobre trabajos de ensueño para enero, y uno de ellos es sobre una becaria en una revista de moda. Un fotógrafo y un periodista la seguirán durante todo un día –miró a Pam y añadió–: Por supuesto, no le he dicho nada del tema a Chelsea. Son sólo ideas que he tenido y me tenéis que dar vuestro visto bueno.

Hubo unos segundos de silencio hasta que Pam respondió:

–Creo que a Pam le encantaría.

–¿Y sus clases? –inquirió Alex.

–Le va bien con los tutores.

–¿Y el tenis?

–Nunca ha querido dedicarse profesionalmente a él, cariño. Y ahora tiene la oportunidad de hacer algo que le apasiona de verdad.

Alex guardó silencio, su expresión era indescifrable.

–Ya hablaremos de esto luego –dijo por fin.

–No hay nada de qué hablar. Yo ya he tomado la decisión –respondió su madre.

Él la miró sorprendido.

–De acuerdo.

Yelena tuvo una sensación extraña, que le duró hasta que la reunión se hubo terminado. Entonces, se sintió obligada a actuar.

–¿Alex? ¿Puedo hablar contigo un momento?

Él asintió, cerró la puerta, pero se quedó de pie. Nerviosa, ella se levantó y pasó unos segundos pensando lo que le iba a decir.

–Ya sé lo que estás pensando –comentó Alex.

–¿Sí?

–Sí. Y la respuesta es que sí, que fue… estupendo. Y que no, no tiene por qué cambiar todo.

Ella lo miró sorprendida.

–No era eso lo que iba…

–Yelena, no me debes nada. No nos hemos prometido fidelidad el uno al otro. De todos modos, dado tu pasado, no sería posible.

«¿Qué?». Yelena frunció el ceño, confundida. Hasta que lo entendió, Alex se estaba deshaciendo de ella por haberse quedado embarazada de otro hombre. O, lo que era peor, estaba insinuando que, lo que habían tenido juntos, no había sido importante. Se le encogió el corazón.

Desde el punto de vista de Alex, tenía sentido.

Se tragó el dolor y se dijo que ya sufriría más tarde, cuando estuviese sola.

–Lo cierto es que no era eso de lo que quería hablarte. Sino de tu madre.

–¿Por qué? –le preguntó él con el ceño fruncido.

–¿Quieres sentarte?

–No.

Ella suspiró.

–De acuerdo. Mira, yo creo que hay algo… –hizo una pausa, buscó las palabras adecuadas–. Hay algo que no nos está contando.

–¿El qué?

–Es una sensación que me dio cuando hablé con ella –continuó–. Por ejemplo, nunca habla de tu padre si yo no saco el tema. Y no la veo demasiado afectada por las acusaciones de infidelidad. Sé que tu padre era un hombre de negocios brillante, un hombre hecho a sí mismo y casi todos son muy perfeccionistas.

–¿Adónde quieres ir a parar?

–¿Tus padres tuvieron un buen matrimonio? ¿Todo fue bien? –le preguntó.

Él la estudió con la mirada y luego inquirió:

–¿Y por qué iba a ser eso asunto tuyo?

Yelena se ruborizó.

–Pensé…

–Te he contratado para que hagas un trabajo, Yelena, no para que psicoanalices a mi familia. Te agradecería que no te excedieses en tus funciones. Ahora, si no te importa, tengo que atender una llamada del extranjero.

Alex se giró y, dejándola boquiabierta y colorada, salió por la puerta.

Aquello formaba parte del pasado, estaba muerto y enterrado junto con su padre. Alex no podía… no iba a desenterrarlo. El tema no lo afectaba sólo a él, sino a toda su familia.

Era mejor así. Era mejor haber puesto a Yelena en su sitio.

Entonces, ¿por qué se sentía como un cretino?

Cerró la puerta de su despacho tras de él y el golpe retumbó por todo el pasillo.

Entre toda la porquería que había en su vida, estaba el deseo abrasador, constante, que sentía por aquella mujer. Sí, Carlos lo había traicionado y eso no lo olvidaría en toda su vida, pero Yelena… lo había dejado muerto cuando había desaparecido. Había creído que podía contar con ella, y se había quedado mentalmente destrozado.

Se apartó de la puerta y fue hacia las ventanas.

Su mundo había sido en blanco en negro hasta que había vuelto Yelena, trayendo con ella el color. No obstante, Alex no podía volver a rendirse a su poder. No podía permitir que lo volviese a destrozar.

Yelena agradeció estar tan agobiada de trabajo con los preparativos de la fiesta, así no tenía tiempo para pensar en lo ocurrido durante los últimos días. Y Alex debía de sentirse igual, porque había evitado estar a solas con ella.

Y se sentía aliviada cuando daban las seis de la tarde y podía volver con su hija. Chelsea se pasaba por su suite todas las noches y ella le agradecía la compañía y las atenciones que le dedicaba a Bella. Por suerte, Pam apareció por allí el viernes por la noche y cenaron las tres.

Cuando el teléfono de Yelena sonó, ella estaba riéndose de algo que había dicho Chelsea. Era Jonathon, que la llamaba para darle el visto bueno para quedarse otra semana más. No obstante, en su breve conversación, Yelena notó que pasaba algo y, cuando colgó, estaba de mal humor.

–¿Pasa algo? –le preguntó Pam.

–Trabajo. ¿Puedes ocuparte un momento de Bella? Quiero hablar con Alex un momento.

Poco después estaba llamando a la puerta de su suite. Sin decir palabra, entró en ella en cuanto Alex abrió y se quedó en medio de la habitación con los brazos cruzados.

—Acaba de llamarme mi jefe —empezó Yelena sin más preámbulos—. ¿Le has dicho que tenemos una aventura?

—No.

—¿Estás seguro?

—Yelena, no he hablado con él desde hace casi una semana.

Alex ladeó la cabeza. Tenía las manos en las caderas y fue entonces cuando Yelena se dio cuenta de cómo iba vestido. Llevaba la camisa blanca desabrochada, dejando al descubierto su magnífico torso. Y el cinturón del pantalón sugerentemente desabrochado.

Volvió a levantar la vista hasta sus ojos, sonrojada.

—¿Has terminado ya? —le preguntó él con voz ronca, pero divertida.

Ella hizo un esfuerzo por calmarse.

—Entonces, si no has sido tú, ¿quién ha sido?

Él se encogió de hombros.

—¿Quién más sabe que estás aquí?

—Mi padre. Carlos —contestó ella, molesta.

Alex no tuvo que decir nada. Ambos sabían que el padre de Yelena jugaba al squash con Jonathon.

Arrepentida y avergonzada, Yelena rompió el contacto visual.

—Yo… lo siento. Tal vez me haya precipitado.

—No pasa nada.

Yelena volvió a mirarlo a los ojos y lo vio sonriendo en el peor momento. Entonces, sólo pudo pensar en esos labios mordisqueándole la piel caliente.

–De acuerdo. Esto… Será mejor… –señaló hacia la puerta– que me marche.

–De acuerdo.

Ella se quedó donde estaba, hasta que Alex le preguntó:

–¿Algo más?

–Sí. ¡No! No, yo… –se giró hacia la puerta.

«Estúpida. ¿No estarás esperando que te invite a meterte en su cama?», se dijo a sí misma.

Con la mano en el pomo y dándole la espalda a Alex pensó que, gracias al comentario de su padre, se sentía otra vez como si tuviese quince años, confundida, sola y enfadada.

Y pensó que así debía de ser como se había sentido Alex desde la muerte de su padre. Sin ella.

–Siento no haber estado ahí cuando falleció tu padre.

Yelena esperó, pero su silencio lo dijo todo. Abrió la puerta con el ceño fruncido y se preparó para hacer una salida digna.

Todo ocurrió tan rápidamente, que casi no le dio tiempo ni a sorprenderse. Alex cerró la puerta, la agarró y la hizo girar para apoyarla contra la madera.

Estaba invadiendo su espacio personal, tan cerca, que podía ver los puntos negros que había en sus ojos azules, la barba que le empezaba a salir, sintió su respiración caliente contra la mejilla.

Y entonces, Alex la besó.

Sus alientos se mezclaron, sus lenguas se entrelazaron y Yelena notó cómo se le endurecían los pezones. Sintió su erección contra el vientre y cuando se movió, él gimió con una mezcla de desconcierto y deseo.

Ella también lo sintió. De repente, le ardía la piel y estaba perdiendo el sentido común. Notó cómo Alex le metía las manos por debajo de la camisa y le acariciaba la piel antes de agarrarle los pechos.

Lo oyó murmurar con aprobación y se excitó todavía más.

Él le desabrochó el sujetador mientras seguían besándose, y luego Alex le desabrochó la camisa también y bajó la boca hacia su pecho.

–Alex… –gimió ella.

–Eres mía –murmuró él.

Y era cierto, la estaba abrazando con fuerza, contra la pared, le había puesto una pierna entre los muslos, sirviéndole de sensual apoyo.

Alex estaba en todas partes, en sus sentidos, en su mente, en su corazón. En su sangre. Yelena respiró y también lo aspiró a él. Abrió los ojos y lo vio. Le acarició los hombros y se aferró a su nuca.

Alex siempre la excitaba. Metió los dedos entre su pelo y lo oyó gemir. Pero a pesar de desearlo y de estar desesperada por tenerlo dentro, no pudo entregarse. Esa noche, no.

–Alex… –susurró, desesperada por ignorar el placer que le producía acariciándole el pecho con la boca–. Tengo que irme…

Pero él le metió la mano por el pantalón y le acarició entre las piernas.

–¿Sí?

–Tu… madre… y Chelsea… están… con… –intentó decir Yelena mientras su cuerpo se estremecía de placer, cerró los ojos e intentó recuperar el control– Bella.

Él dejó de mover la mano y Yelena suspiró. ¿Fue un suspiro de alivio o de decepción? Ni siquiera ella lo sabía en esos momentos.

Él la miró con fuego en los ojos y Yelena estuvo a punto de perderse.

–Tengo que irme –repitió, casi sin aliento.

Y después de un par de segundos inmóvil, Alex cedió por fin. Sacó la mano de su pantalón y ella se sintió decepcionada a pesar de saber que hacía lo correcto.

–Alex…

–No –le dijo él, dándole la espalda–. Tienes que irte.

Ella parpadeó, todavía aturdida. Luego, sin decir palabra, abrió la puerta y escapó por fin.

Alex se giró hacia la puerta cerrada y notó su abultada bragueta, que le recordaba lo que había tenido, y lo que todavía quería tener. A Yelena.

Murmuró un par de improperios entre dientes y se dijo que aquél no era él, incapaz de solucionar el más sencillo de los problemas. Su misión había sido destruir a Carlos acostándose con su adorada hermana, pero en vez de sentirse triunfante, estaba amargado. Y se sentía culpable.

Y eso era algo que no había sentido en mucho, mucho tiempo.

La había utilizado para vengarse, a pesar de no haber estado seguro de que su plan funcionaría, a pesar de haber empezado a pensar que ella no tenía nada que ver con las mentiras de Carlos.

Lo peor era que Yelena no tenía ni idea de lo cretino que era su hermano.

Mientras iba a la cocina a por una cerveza, Alex pensó que era injusto. Entonces su mirada se posó en la carpeta que Yelena le había dado sobre la fiesta. Todavía no le había entregado su lista de invitados…

Entonces, se le ocurrió la genial idea. Si Yelena no podía ver por sí misma la clase de persona que era Carlos, él se lo enseñaría. Y sabía muy bien cómo hacerlo.

Capítulo Diez

El sábado, día de la fiesta, la mañana pasó muy pronto. Después de peinarse y maquillarse, con los nervios de punta, Yelena salió al salón de su suite para que Chelsea le diese su opinión.

–¿Cómo estoy?

Chelsea frunció el ceño y se apoyó a Bella en el hombro.

–Parece que vas a presidir una junta –respondió la adolescente, que llevaba un bonito vestido azul oscuro de corte imperio.

–¿Qué le pasa a esto? –preguntó Yelena, pasándose la mano por la camisa de seda roja que se le ajustaba a la cintura de la falda negra.

–Que no es ropa para una fiesta, ¿no?

–Bueno, es que estoy trabajando.

–Siempre estás trabajando –dijo Chelsea poniendo los ojos en blanco–. Es una fiesta. Ya sabes… comida, gente, música –añadió, suspirando exageradamente–. Será mejor que me dejes ver qué tienes en el armario.

Menos de diez minutos después, Chelsea le había dicho que no tenía nada que ponerse y estaba hablando por teléfono. Tres minutos más y el conserje llamó a su puerta con un paquete.

–Ábrelo –le ordenó Chelsea después de haber cerrado la puerta.

Yelena descubrió un vestido rojo pasión.

–Ve a probártelo.

–No puedo…

–Sí, claro que puedes –la contradijo Chelsea con firmeza, con los brazos en jarras.

–Está bien. ¿Puedes vigilar tú a Bella? –le pidió Yelena, cediendo por fin.

–Claro. ¡Y suéltate el pelo! –añadió Chelsea.

Yelena se puso el vestido, sin poder evitar emocionarse al mirarse al espejo.

Era uno de los vestidos más bonitos que había visto en toda su vida. Elegante, espectacular y muy sexy. El corpiño sin tirantes envolvía su figura a la perfección, enfatizando su cintura y sus generosas curvas, y luego la tela le caía hasta los pies. En la parte de atrás, una coqueta cola de sirena sembrada de diminutos cristales realzaba la prenda.

Oyó que llamaban a la puerta y que Chelsea la abría.

–Ha venido mamá. Sal y enséñale… ¡guau! –Chelsea abrió mucho los ojos, pero dejó de sonreír al mirarle al pelo–. Suéltatelo.

–Sí, señora –contestó Yelena sonriendo–. No sé si sabes que Gabriela solía ser igual de mandona.

Chelsea la miró con tristeza antes de sonreír.

–Bueno, ella sí que tenía estilo –comentó–. Y tú tienes un pelo increíble, ¿por qué te lo recoges siempre?

Yelena le sonrió a través del espejo.

–Intenta vivir tú con él.

Chelsea le colocó un poco los rizos, se puso el pelo liso detrás de las orejas y asintió.

–Vamos.

Nada más llegar al salón, Yelena vio a Alex, que hablaba entre susurros con Pam, que tenía en brazos a Bella. Casi no había vuelto a verlo desde el último beso, pero cuando Alex levantó la vista, la vio y sonrió, ella sintió que su compostura se venía abajo.

–Estás preciosa –comentó él, diciéndole mucho más con la mirada.

–Gracias.

–No pensé que llevarías un vestido de fiesta en la maleta –añadió Alex.

–El vestido es tuyo, hermanito –le dijo Chelsea–. Me lo ha prestado Lori, de la boutique.

Yelena lo miró, le sonrió un poco y se encogió de hombros.

–Bonito –murmuró él, pero la miró como si quisiera decirle que habría preferido tenerla desnuda.

Ella lo fulminó con la mirada, pero Alex no se inmutó.

Le ofreció el brazo, pero Yelena tomó a Bella de brazos de Pam.

–¿Vas a llevarla? –preguntó él sorprendido.

Yelena lo miró con frialdad.

–Va a ser su primera fiesta. Jasmine vendrá a las seis.

–¿Y no…?

–¿No qué?

–No sé… ¿No vomitará o algo?

Yelena se echó a reír.

–Tal vez.

–¿Y tu vestido?

–Si vomita, se me manchará –respondió ella sonriendo.

–Bueno, después de lo que ha trabajado, qué menos que regalarle un vestido –dijo Pam.

–No es eso… –empezó él, mirando a su madre. Y ella le dedicó una sonrisa de verdad, no como las que esbozaba con frecuencia cuando su padre todavía vivía.

Abrieron la puerta y Pam y Chelsea salieron delante.

–¡Mis pendientes! –exclamó Yelena de repente. Luego, le dijo a Alex–: ¿Puedes sujetarme a Bella?

Y se lo puso entre los brazos sin más.

Él se quedó sorprendido. ¡Era tan pequeña! La estudió con la mirada, con el ceño fruncido. Tenía los ojos grandes y marrones, las pestañas espesas y el rostro redondeado. El pelo abundante, moreno y rizado, y le estaba sonriendo.

Era una versión en miniatura de Yelena.

Sintió un cosquilleo por dentro y frunció el ceño, pero cuando Bella sonrió más y dos hoyuelos aparecieron en sus mejillas, se le encogió el corazón.

Yelena se quedó inmóvil al ver a Bella y a Alex sonriéndose.

«Oh, Dios mío», gimió por dentro. «¿Qué voy a hacer?».

–¿Alex?

Él la miró y Yelena vio en sus ojos sobrecogimiento, alegría… y algo más. «Nostalgia».

Dejó de mirarlo a los ojos y alargó los brazos para tomar a Bella.

–Pam y Chelsea nos están esperando. ¿Vamos?

Pero él se quedó donde estaba, mirándola, con Bella todavía en brazos.

–¿Alex? –repitió ella en voz baja.

Él la miró como si quisiese leerle el pensamiento.

–Podía haber sido nuestra –le dijo, sin amargura, sin acusaciones.

Pero ella sintió que la angustia la invadía.

–Lo sé –contestó.

Él suspiró y le tendió a Bella.

–Vamos.

Durante la semana anterior, se había trabajado muy duro para adornar el complejo con toldos, árboles artificiales salpicados de pequeñas luces y una cubierta de seda azul oscura con pequeños fragmentos de estrás que hacía las veces de cielo estrellado. Se habían construido un pequeño estanque y una cascada en miniatura y, a su lado un hongo enorme con gusanos y bichos falsos del tamaño de un gato de verdad. Los niños gritaban al verlos y los adultos se sorprendían al ver las réplicas de criaturas del folclore aborigen repartidas por los decorados.

La parte de atrás se abría en una enorme zona enmoquetada en la que se habían colocado mesas alargadas y se había dispuesto todo un banquete en el que se mezclaban platos típicos del lugar con las especialidades de Diamond Bay.

Yelena observó cómo iban llegando los invitados y se dio cuenta de que iban a contar con casi toda la comunidad.

Lo que significaba que la fiesta iba a ser un gran éxito.

A su derecha, un grupo de mujeres se entretenían con Bella. La niña tenía la capacidad de despertar el instinto materno de casi todas las mujeres.

De casi todas, menos de María Valero.

Intentó no pensar en eso, no era el momento de darle vueltas a cosas que no se podían cambiar.

Vio a dos periodistas hablando delante de la cámara. La prensa estaba allí; los invitados estaban llegando. Sonrió al ver a unos niños indígenas riendo y gritando.

—Parece que va a ser un éxito.

Yelena se sobresaltó al oír la seductora voz de Alex a su espalda.

Se giró para mirarlo a los ojos.

—¿Acaso dudabas de mi capacidad?

—Ni lo más mínimo —respondió él sonriendo.

Mientras se miraban a los ojos, en silencio, Yelena sintió que algo había cambiado.

—Estamos hablando de la fiesta, ¿verdad? —le dijo en voz baja.

—Por supuesto.

Ella evitó su mirada y, al mover la cabeza, le cayó un rizo sobre el hombro. Alex levantó la mano y lo enredó en uno de sus dedos, concentrado.

Su mirada hizo que a Yelena le temblasen las rodillas.

—Deberías… —empezó, tragó saliva y volvió a intentarlo—. Deberías ir a atender a tus invitados.

Él sonrió y entonces, para su sorpresa, le tomó la mano y se la llevó a los labios.

–Por supuesto. Hasta luego.

Yelena lo vio marchar. Los invitados seguían llegando, Pam charlaba con los empleados del complejo y con sus familias, con comerciantes locales y hasta con algunos contactos de Yelena que habían ido desde Sydney y Canberra.

Vio a Chelsea hablando con el camarero joven en el que se había fijado un par de días antes y su sonrisa creció.

Entonces, se fijó en un hombre corpulento que avanzaba entre la multitud y se quedó helada.

–¡Carlos!

Desde su ventajosa perspectiva, Alex observó cómo su enemigo saludaba a Yelena con una sonrisa y un abrazo. La alegría de Yelena al ver a su hermano revolvió a Alex, pero la sangre se le heló en las venas al ver que Carlos también sonreía con satisfacción.

Yelena lo buscó con la mirada y clavó los ojos en los de él, que arqueó una ceja y se encogió de hombros como respuesta. La sonrisa de agradecimiento de ella fue como otra puñalada más.

«Cuando termine la noche, ya no te dará las gracias», pensó.

Tragándose su amargura, Alex decidió acercarse.

–¿Qué estás haciendo aquí?

Oyó que Yelena le preguntaba a su hermano, contenta.

–¿Así es como se habla a tus invitados, cigüeñita?

Ella dejó de sonreír, siempre le había molestado que su hermano la llamase así, pero Carlos la miró divertida.

–He recibido la invitación por correo electrónico. Por lo menos, me podías haber llamado por teléfono –comentó Carlos con naturalidad mientras aceptaba la copa que le ofrecía uno de los camareros.

Bebió de su contenido y luego lo escupió.

–¿Qué es…?

–Té con hielo. Los indígenas no beben alcohol.

–Estupendo. Otro motivo más por el que no me gusta el interior de Australia.

Aquel comentario dio pie a que Alex hablara.

–Si lo prefieres, puedes acercarte al bar de Diamond Bay, Carlos, allí hay de todo.

–Alex –dijo éste, girándose despacio para darle la mano.

Yelena observó a ambos hombres. Los dos eran altos y guapos, pero mientras que Carlos se daba un aire a Antonio Banderas, el atractivo de Alex era mucho más sutil.

Se sintió incómoda al verlos juntos. Era como ver a dos políticos rivales intercambiar cumplidos justo antes de despellejarse el uno al otro.

–Mataría por una copa de verdad –comentó Carlos.

Yelena se estremeció al oír aquello y se fijó en que Alex se ponía serio.

–Te acompañaré hasta el bar –dijo ella enseguida, entrelazando su brazo con el de su hermano.

Mientras se alejaban, se giró y vio a Pam y a Chelsea con Alex. Éste estaba mirando a Bella.

Lo vio levantar la mano y acariciar la mejilla de la niña con cuidado.

–¿Estás bien? –le preguntó Carlos, frunciendo el ceño.

Ella asintió y le soltó el brazo. Carlos miró hacia atrás y se puso todavía más serio.

Siguieron andando hacia el bar en silencio, Yelena abrió la puerta que daba a la entrada del hotel y condujo a Carlos por su interior.

–Bonito lugar –comentó Carlos–. Debe de haber costado miles de millones construirlo.

Yelena se detuvo de repente, haciéndolo parar también a él.

–Cuéntame que pasó, Carlos.

–¿A qué te refieres?

–Entre Alex y tú. Erais socios. Erais amigos. Y ahora…

–¿Qué te ha contado él? –le preguntó su hermano.

–Nada. Se niega a hablar del tema.

–No me sorprende.

–¿Qué quieres decir?

Carlos arqueó una ceja y siguió andando. Yelena lo siguió.

–Bueno, mira quién era su padre: un hombre que pasó de la pobreza a ser uno de los hombres más ricos de Australia. Es normal que Alex no quiera contarte que lo estropeó todo.

–¿A qué te refieres? –le preguntó su hermana, agarrándolo de la manga para que dejase de andar.

Carlos suspiró y se cruzó de brazos.

–Sprint Travel no va bien.

–¿Por qué? ¿Qué ha fallado? ¿La gestión? ¿El capital? ¿La publicidad?

–Muchas cosas de las que no quiero hablar, pero tendré que llevarlo a juicio.

–¿Vas a enfrentarte a él por la empresa?

–Me sorprende que no lo sepas, teniendo en cuenta todo lo que estás haciendo por él –comentó Carlos–. No tengo elección –añadió–. Sprint Travel no sobrevivirá con Alex Rush al mando. Y Alex hará todo lo que esté en su mano para quedarse con el negocio. Incluido… utilizarte a ti para conseguirlo.

–¿Qué?

–Sólo me preocupo por ti, Yelena. He tratado con otros hombres como Alex. Nada lo detendrá para conseguir lo que quiere. Ahora, ¿vamos a tomarnos algo?

Ella negó con la cabeza muy despacio. No podía ser verdad. Alex no era así. Y no le habría escondido aquel tipo de información.

Dejó que Carlos entrase en el bar y volvió a la fiesta con un nudo en el estómago.

Encontró a Alex hablando delante de la cámara de una cadena de televisión nacional. A simple vista, parecía relajado y seguro de sí mismo, pero ella que lo conocía bien sabía que no estaba cómodo. Tenía la mandíbula y los hombros tensos.

Y su lenguaje corporal decía lo mismo, que habría preferido estar en cualquier otro lugar.

–… una última pregunta, señor Rush –le dijo la presentadora–. ¿Cómo está, nueve meses después de que lo absolviesen de la muerte de su padre?

Él se puso todavía más tenso, apretó los puños.

Yelena dio un paso al frente.

–Hola, Val. ¿Sabes que no se puede absolver a alguien de algo de lo que no ha sido acusado? –comentó, mirando a su alrededor con naturalidad–. Pensé que iba a venir Mark.

Val Marchetta encogió sus delgados hombros y ladeó la cabeza.

–Me han mandado a mí en su lugar. Me alegro de verte por aquí, Yelena –dijo sonriendo.

–Sí, claro. Alex, ¿puedo hablar contigo un momento?

Lo tomó del brazo, sonrió a Val y se lo llevó.

–No hacía falta que me rescatases –le dijo él con voz tensa.

–Sólo quería evitarte la tensión del momento. En cuanto Val empiece a atar cabos, nuestra relación profesional dejará de ser un secreto.

Alex se encogió de hombros.

–Tenía que ocurrir, antes o después.

Habían salido de la zona entoldada y estaban solos, en la oscuridad. Yelena tenía muchas preguntas que hacerle, pero todas se le olvidaron cuando Alex la tomó entre sus brazos y la besó.

Durante unos minutos, disfrutaron del erótico placer de jugar con sus bocas, ajenos a la fiesta, a la gente que charlaba a dos metros de ellos. Yelena se olvidó de lo que había querido decirle, de su hermano… casi se olvidó hasta de su propio nombre.

Cuando Alex rompió el beso, ambos estaban sin aliento.

–¿Quieres marcharte? –le preguntó él.

–No puedo hacerlo.

–No te he preguntado si podías hacerlo, sino si querías.

«Más de lo que puedas imaginarte», pensó ella.

–Alex, estoy trabajando. ¿Has hablado con la prensa, con la otra prensa? –le preguntó.

–Sí, y Pam también.

–¿Y ha ido todo bien?

–Eso parece. Salvo…

–Carlos. ¿Lo has invitado tú? –quiso saber Yelena.

–Sí.

–¿Por qué?

«Para que veas lo manipulador y egoísta que es».

–Porque sé lo mucho que te importa –contestó Alex.

La expresión de Yelena era indescifrable.

–Ha estado haciendo acusaciones.

–¿Acerca de qué?

–De Sprint Travel, parece que pende de un hilo.

–Es cierto.

–¿Pagas una pequeña fortuna a B&H para que te represente y se te olvida contarme eso? ¿Estás loco? ¿O es que no te importa mi trabajo?

–Es complicado –admitió él.

–¡Estoy harta de que la gente me diga eso! Ése

es el motivo por el que Carlos y tú discutisteis, ¿verdad?

—Sí.

—Pero no es el único.

Alex osciló entre dos verdades. Quería que Yelena se diese cuenta de la realidad por sí misma, no contársela él. ¿Por qué iba a creerlo a él, y no a su hermano?

—Es...

—Complicado. Ya.

—Si pudieses darme algo de tiempo para... —empezó Alex.

—¿Lo de la otra noche lo hiciste sólo para vengarte de mi hermano?

Alex se dio cuenta de que, a pesar de parecer fría y profesional, Yelena estaba dolida.

—La otra noche estábamos solos tú y yo. Y no pensé en nada más que en el placer. En el tuyo y en el mío.

—No has contestado a mi pregunta —insistió ella.

Él guardó silencio y pensó que todo había empezado por sus ansias de venganza, pero que eso había cambiado.

—No quería hacerte daño —le dijo.

—¿No? Pues menos mal —replicó ella con frialdad.

—Yelena...

—No, Alex. No puedo... —negó con la cabeza, con firmeza—. Tengo que ir a darle de cenar a Bella y a acostarla.

Y se marchó.

Capítulo Once

Volvió rápidamente a la carpa principal y notó que se le escapaba un sollozo.

«No puedes llorar. Aquí, no. Ahora, no», se dijo.

Contuvo las lágrimas y buscó a su hija, que era el centro de atención de un grupo de mujeres. A pesar de su estado emocional, consiguió sonreír y acercarse a ellas.

—Ya son casi las seis, le tengo que dar la cena —le dijo a Pam.

Ésta se giró y sonrió.

—Espero que luego vuelvas a la fiesta.

Yelena asintió.

—Volveré a ver cómo va, aunque todo parece estar bajo control.

Yelena miró hacia la salida y vio a Alex.

—Si quieres, puedo llevármela yo —le sugirió Pam.

—No gracias, la veo un poco nerviosa con tanta gente.

Tomó a Bella con cuidado de los brazos de la otra mujer y, sin dejar de sonreír, fue hacia la salida.

Alex ya no estaba allí. Yelena suspiró, no supo si era alivio o decepción.

Ambas cosas.

Recorrió el jardín y se sobresaltó al girar una curva y encontrarse con Carlos de frente.

–¿Lo estás pasando bien?

Él le dio una larga calada a su cigarro y luego echó el humo despacio.

Yelena tosió y cambió de posición a Bella.

–Al parecer, no tanto como tú –le dijo él–. ¿Qué? ¿Ha negado que quiera quedarse con Sprint Travel?

–No se lo he preguntado.

–Ah, claro. Estabas demasiado ocupada, ¿no?

Ella resopló. Su hermano olía a whisky, pero no le dijo nada, sonrió al ver que pasaba por su lado una pareja.

–Ese hombre no está en condiciones de organizar una rifa benéfica –comentó Carlos–. Y tú te estás degradando, estando con él.

–¿Qué?

–Mira su familia. Su padre creció en Bankstown, para empezar –siguió su hermano.

–Y Paul Keating también, y ha sido primer ministro de Australia. ¿Qué hay de malo en vivir en el sur de Sydney?

–Es una cuestión de educación, Yelena. William Rush engañaba a su mujer. Luego falleció en circunstancias extrañas y Alex quedó impune. Y he oído que las prácticas de Rush Airlines no son precisamente limpias.

Yelena sacudió la cabeza.

–Es la primera vez que oigo eso.

–Eres una Valero –le dijo él con los ojos brillantes–. Lo que haces llega a la opinión pública y nos afecta a todos, en especial, a papá. No creo que le gustase enterarse de lo que está pasando aquí.

—Carlos…

—Y por Dios santo, Yelena, ¡recógete el pelo! Pareces recién salida de la cama.

Yelena se llevó la mano a la cabeza y Carlos miró a su alrededor.

—Pensé que tú, al menos, sabrías guardar las formas, aunque Gabriela fuese una mala influencia.

—No se te ocurra hablar así de nuestra hermana —dijo ella, sintiendo ganas de abofetearlo.

No obstante, no quiso darle la satisfacción de ver cómo perdía el control.

—¿Cómo lo llamarías tú? Primero tenemos que venir a vivir a la otra punta del mundo gracias a ella. Luego, se convierte en modelo de segunda —dijo, con el mismo desprecio como si hubiese dicho que había sido una prostituta—. Después te llama y tú lo dejas todo para pasaros varios meses por Europa. Sólo Dios sabe lo que haríais allí.

—Recuerda que está muerta, Carlos —espetó Yelena.

—Y tú terminas con un hijo bastardo.

—Nunca me lo perdonarás, ¿verdad? —le dijo ella muy despacio—. Toma, sujeta a tu sobrina.

Carlos retrocedió, con las manos levantadas y expresión de asco.

—Dios mío —susurró ella—. Ni siquiera puedes tocarla.

Carlos suspiró y sonrió al ver que una mujer pasaba por su lado.

—Nunca la has tomado en brazos, ni le has hablado. Es un bebé, Carlos. Y que yo no tenga un marido no te da derecho a...

—¿A qué? —inquirió él, agarrándola del brazo con fuerza—. Somos Valero, ¡descendemos de la realeza española! ¿Te has parado a pensar cómo fue para nuestro padre? ¿Para nuestra madre? No sólo alardeas de tu hija, sino que te acuestas con un criminal, ¡con un hombre que mató a su padre!

—¡Alex no ha matado a nadie! —exclamó ella, intentando calmar a Bella, que se estaba poniendo nerviosa.

—Ah, y tú estabas allí para verlo, ¿no?

—Pues sí, estaba allí —replicó Yelena triunfante.

—Eso no es verdad.

—Alex estaba conmigo cuando murió su padre, Carlos.

Él la miró sorprendida y a Yelena casi le dio pena, pero sabía lo que pensaba su hermano de ella y de Bella, y no podía perdonárselo.

Miró a su hija, que se había dormido, y le acarició la cabeza con mano temblorosa.

—No quiero discutir contigo —le dijo en un murmullo, sintiéndose agotada.

—Pues no lo hagas —replicó él—. Me voy otra vez al bar.

Yelena lo vio alejarse y sintió que se le partía el corazón. Carlos era su hermano. Su encantador, divertido e inteligente hermano, su campeón, su protector. Siempre lo había adorado.

¿Cuándo se había estropeado todo?

Se apresuró a subir a su habitación, sonrió a Jasmine, que la estaba esperando y entraron. Preparó el biberón, se sentó en una mecedora y tomó a Bella en brazos.

Con su hija en el regazo el dolor que se había instalado en su cabeza empezó a calmarse. No obstante, Yelena se negó a pensar en lo que acababa de ocurrir, no lo haría hasta que no hubiese dejado a la niña. En su lugar, suspiró y relajó los hombros.

Terminó de darle el biberón demasiado pronto y Bella tenía los ojos cerrados. Yelena se levantó y la dejó en la cuna y, al mirarla, el corazón se le encogió todavía un poco más.

La desaprobación de Carlos no era nueva. Tras mudarse a Australia, Gabriela se había rebelado por completo. Su peinado, maquillaje, ropa y novios eran los principales puntos de fricción. Y al cumplir dieciocho años había empezado a ganar dinero como modelo y se había marchado de casa.

Lo que Gabriela no había sabido nunca era que Yelena se había encargado siempre de apaciguar las aguas que su hermana revolvía.

Miró por última vez a su hija y salió de la habitación.

—¿Vas a volver a la fiesta? —le preguntó Jasmine, que estaba leyendo un libro.

Yelena asintió, incapaz de obligarse a ser simpática. Tomó su bolso y se marchó.

No podía dejar pasar aquello.

Le dolía mucho, porque era su hermano y esa noche le había mostrado una parte de él que era horrible.

Pero si tiraba la toalla con él, no le quedaría nadie.

Volvió al bar y estaba a punto de llamar a su hermano cuando vio aparecer a Alex. Yelena se ocultó, con la piel de gallina, conteniendo un escalofrío.

–¿Qué demonios quieres? –le preguntó Carlos a Alex.

–Estás borracho –respondió éste.

–Y tú eres un hijo de perra asesino que se está tirando a mi hermana.

Yelena se llevó la mano a la boca para contener un grito.

–Te equivocas en lo primero –murmuró Alex, en tono demasiado tranquilo–, pero con respecto a lo segundo... –hizo una larga pausa–. ¿Qué ocurriría si fuese verdad?

–Te mataría –respondió Carlos.

–Ten cuidado. Podría pensar que lo dices en serio.

–No te lo advertiré dos veces, Alex.

Yelena frunció el ceño, preocupada, conteniendo la respiración.

–Seguro que es por eso por lo que los demás guardan silencio, asustados –comentó Alex por fin–, pero conmigo no te va a funcionar. Los dos sabemos quién ha estado contando esas mentiras acerca de mi padre a la prensa.

Carlos guardó silencio.

–Estás deseando decirlo, ¿verdad? –continuó Alex, casi divertido–. ¿Quieres que te ahorre las molestias? Oíste una conversación que tuvimos mi padre y yo, diste por hecho que mi padre engañaba a mi madre y lo utilizaste para alimentar a la prensa, y para intentar quedarte con Sprint Travel. ¿Por qué me odias tanto?

Yelena podía sentir la tensión que había en el ambiente. No le costó trabajo imaginar la mirada fulgurante de Carlos, también la había utilizado con ella un rato antes.

—Eras el hijo del gran y poderoso William Rush, adorado por millones de personas, el talentoso hijo de un maldito santo —dijo Carlos, dando un golpe en la pared de piedra—. A mí nunca me regalaron nada. Tuve que trabajar duro para conseguirlo.

—Yo también.

Carlos juró antes de añadir:

—Tonterías. A ti nunca te costó conseguir nada.

—Entonces, ¿se trata de celos?

—Se trata de ser justos —replicó Carlos—. He puesto todo el dinero que tenía en Sprint y, al contrario que tú, no tengo una compañía aérea y un complejo turístico como éste para respaldar mi negocio. No pensaste en las consecuencias cuando la policía empezó a interrogarte, ¿verdad? No pensaste en tu socio. Te limitaste a decir que no lo habías hecho tú. Te escondiste detrás de tu abogado y no dijiste más.

—Yo no lo maté, Carlos.

—Eso me da igual —dijo el hermano de Yelena—. Nuestro negocio se fue a pique por tu culpa. Tú incumpliste el contrato.

—¿Y eso justifica lo que estás haciendo ahora?

—Voy a hacer lo que sea necesario para salvar Sprint y mi reputación.

–¿Qué significa eso?

Yelena no pudo soportarlo más y asomó la cabeza para ver la escena.

Los dos hombres estaban muy tensos.

–Mi abogado me ha asegurado que ganaremos –dijo Carlos.

–No cuando se enteren de las noticias falsas que has estado filtrando a la prensa. Quiero que pares ya esa campaña contra mi familia.

–¿Qué campaña?

–No te hagas el tonto. Ambos sabemos lo que has estado haciendo.

–Vale, pero sólo si me cedes tu parte de Sprint. Y te mantienes alejado de Yelena.

–No –respondió Alex en tono frío.

–No tienes pruebas –le advirtió Carlos–. Y Yelena te dejará si le cuento un par de mentiras.

–No te creerá.

–Soy su hermano. La única persona en la que confía. Me creerá.

–Lo que hay entre Yelena y yo no es asunto tuyo –le advirtió Alex con voz tensa.

–¡Claro que sí! –dijo Carlos, apretando los puños–. La has rebajado a tu nivel y yo debería…

–No me amenaces –le advirtió Alex–. O, mejor, hazlo si quieres, pégame. Estoy deseando machacarte esa cara bonita.

Yelena siguió observando en silencio, con el corazón acelerado, con todo su cuerpo en alerta, preparado para actuar.

Pero Carlos retrocedió muy despacio y Alex se metió las manos en los bolsillos.

–Un ultimátum sólo funciona cuando uno tiene todas las cartas, Carlos.

–¿Qué quieres decir con eso?

–Quiero decir que has perdido. Que tengo tus amenazas grabadas en una cinta. Tengo la prueba de que has estado mintiéndole a la prensa. Y pronto tendré la prueba de que has estado robándole a Sprint, y a otras empresas también. Y, lo que es más importante, tengo a Yelena.

Carlos se puso furioso, pero Alex continuó:

–Sigue hablando con la prensa y verás cómo terminas.

Dicho aquello, se dio la media vuelta y atravesó el jardín en dirección a la fiesta. En el último momento, se detuvo y miró atrás.

–Será mejor que te marches. Le diré a mis hombres de seguridad que te acompañen.

Carlos lo siguió mientras juraba, pero luego se dio la vuelta y volvió a entrar en el bar.

Yelena retrocedió. Aquello lo cambiaba todo.

Fue a refugiarse al lugar más recogido del complejo, un pequeño estanque artificial rodeado de árboles y bloques de granito que formaban una versión en miniatura de la cascada de Diamond Falls.

Se sentó en una hamaca y se perdió en sus pensamientos.

¿Desde cuándo era Carlos tan vengativo? ¿Cómo podía desear destruir una familia? Ni siquiera conocía a Pam y a Chelsea.

Unos minutos después llegó un grupo de jóvenes al estanque. Iban riendo y gastándose bromas, y se estaban quitando la ropa. Yelena se levantó y se alejó por el camino hasta llegar al final. Desde allí, observó la última cabaña, sola y alejada de todas las demás.

—¿Yelena?

Ella se giró, buscando al dueño de la voz en la oscuridad, asustada. Entonces oyó un ruido y el camino se iluminó. Distinguió los hombros anchos de Alex en la puerta de la cabaña.

—¿Estás bien?

—No, no estoy bien —le dijo ella, avanzando en su dirección, sin saber por qué.

Entonces él abrió los brazos y a Yelena le pareció natural abrazarse a él. Luego se puso a llorar.

Alex la llevó dentro, cerró la puerta y la condujo hasta el sofá. Y ella se quedó abrazada a él, sintiéndose protegida. Como si Alex pudiese solucionarlo todo.

—¿Qué te ha pasado? —le preguntó él cuando la vio más tranquila.

—He discutido con Carlos.

—Ya veo.

Ella levantó la vista, pero la expresión de Alex era neutra, estaba esperando a que siguiese hablando.

—Él... sigue culpando a Gabriela de... todo. Y me odia por Bella. Os he oído discutir.

—¿Qué has oído?

—Todo... Las mentiras de Carlos, sus amenazas...

A Alex le dolió verla tan angustiada. Buscó su mano y entrelazó los dedos con los de ella.

—Lo siento.

—Yo también. Por no haberme dado cuenta antes de cómo era.

–No podías saberlo –le dijo él.

–Pero tenía que haberme dado cuenta…

–No –dijo él, acariciándole la mejilla.

Aquello era lo que Alex había querido, que Yelena se diese cuenta de cómo era Carlos, pero lo que no le gustaba era verla sufrir.

Aunque estaba llorando, Alex deseó hacerla suya. Se inclinó a besarla y ella se lo permitió. La tumbó en el sofá, enredó los dedos en su pelo, la besó en la garganta y se dejó llevar por su sensual aroma.

Ella cambio de postura para permitir que Alex se colocase entre sus piernas. Estaba excitado.

–Vamos al suelo –le sugirió Yelena.

Y él la tomó como si no pesase nada y la dejó sobre la moqueta.

Yelena observó cómo se quitaba la camisa y le acarició el pecho. A él se le entrecortó la respiración y Yelena rió.

Entonces, bajó la mano hacia su abdomen y llegó al cinturón. Lo miró y vio el deseo que había en su rostro incluso antes de bajar la palma de la mano para acariciarle la erección.

–Dios, Yelena… –gimió Alex mientras ella le desabrochaba el cinturón y el pantalón.

Siguió acariciándolo y él volvió a gemir. Yelena se sintió poderosa, y humilde al mismo tiempo. Se inclinó y lo tomó con la boca, saboreándolo, disfrutando de su olor, excitada.

–Yelena…

Alex estaba a punto de perder el control y ella siguió haciéndole el amor con la boca. Era capaz de controlar a un hombre, a aquel hombre que tanto poder tenía. Se sintió aturdida. No podía pensar, sólo sentir.

–Para –le dijo Alex de repente, apartándola–. Quiero estar dentro de ti, cariño.

Ella se tumbó de nuevo en la moqueta y Alex luchó con la cremallera de su vestido. Ambos se echaron a reír, pero se pusieron serios en cuanto Yelena se quedó desnuda.

Alex respiró hondo.

–Eres preciosa –le dijo.

–Gracias –respondió ella, sin sentirse avergonzada.

Alex agachó la cabeza para mordisquearle un pecho, le acarició los muslos. Y ella esperó y esperó. Hasta que la penetró, con fuerza, profundamente, haciéndola gritar de placer.

Luego la besó en el cuello y empezó a moverse con cuidado al principio, y después cada vez con más fuerza. Yelena lo ayudó moviendo las caderas hacia arriba.

Se sentía como si fuese capaz de cualquier cosa, de ser cualquier persona en ese momento. Era uno con él, encajaban a la perfección.

Abrió los ojos justo antes de llegar al clímax.

Oyó a Alex gemir y notó cómo se apretaba contra su cuerpo para vaciarse en él.

Oh, cuánto lo amaba.

Capítulo Doce

Yelena volvió a la realidad poco a poco, sonriendo, con todo el cuerpo vibrando de placer.

Con Alex todavía encima, respiró hondo. Lo necesitaba tanto como respirar.

–Pareces contenta.

Ella abrió los ojos y lo miró, Alex estaba sonriendo. Lo abrazó con las piernas y respondió:

–Lo estoy.

Alex rodó sobre la moqueta y la hizo rodar con él, dejándola encima. Y cuando Yelena se incorporó, él le acarició los pechos.

–Eres preciosa.

–Y tú.

–Entonces, está confirmado.

Los dos se echaron a reír, eran dos amantes que acababan de compartir un momento muy íntimo. Pero, poco a poco, Yelena se fue poniendo seria.

–Alex.

–¿Sí? –dijo él, todavía hipnotizado con sus pechos.

–Alex, no hemos utilizado protección.

Él la miró a los ojos.

–¿Estás…?

–Estoy sana –respondió ella. «Llevo años queriéndote», pensó–. Estoy bien.

–Yo también.

Él levantó la cabeza y le dio un beso. No fue un beso apasionado, sino un beso tierno, cariñoso. Pero que a Yelena le aceleró el pulso más que los otros.

Se dejó llevar por el momento, se imaginó con él, juntos, con Bella completando su familia perfecta y viviendo todos felices.

Pero sólo pudo disfrutar de su fantasía unos segundos, porque pronto la invadieron las dudas.

–¿Alex?

–¿Sí? –dijo él, besándola en el cuello.

Quería contarle todos sus secretos en ese momento, quería contarle cómo se sentía, pero tuvo miedo. ¿La querría Alex cuando supiese que había estado mintiéndole desde el principio?

–¿Tenía Carlos razón? ¿Me contrataste para llegar a él?

–¿De verdad quieres que te conteste a eso? –le preguntó él, dejando de acariciarla.

Ella se apartó y se apoyó en el sofá, tapándose el pecho con un cojín.

–Sabes que Bennett & Harper sois los mejores. Y que tú eres excepcional. Y, sí. Al principio estaba enfadado y desesperado por hacerle daño a Carlos, pero después…

–Después, ¿qué?

–Que ya no quería eso.

–¿Ya no querías hacer el amor conmigo?

–Ya no quería que Carlos fuese el motivo –le explicó él, tomando su mano–. Siempre he querido hacer el amor contigo, Yelena.

–Me has utilizado –dijo ella con lágrimas en los ojos.

–Lo sé. Y lo siento –admitió él.

–¿Y por qué has invitado a Carlos hoy? –le preguntó.

–Porque quería que vieras cómo era en realidad.

–¿No podías habérmelo dicho? –preguntó Yelena, aunque al momento supo que no lo habría creído–. Siento mucho todo lo que ha hecho. Todo.

Alex guardó silencio unos minutos y luego dijo:

–Mira, Yelena, sé que es tu hermano, pero…

–Quiero que entiendas algo acerca de Carlos –le dijo ella, mirándolo a los ojos–. Su reputación, su… su obsesión por ser quien es y lo que eso significa lo es todo para él. Ya sabes cómo era en el colegio, tan protector. Gabriela lo odiaba, pero no tenía elección, después de lo que había pasado en España. Y cuando yo crecí me resultó…

–Asfixiante.

Ella asintió.

–No lo hacía por mí, sino por su reputación.

–Yelena…

–Nunca ha tomado a Bella en brazos, ni una vez –continuó, angustiada–. Nunca me pregunta por ella.

«Por fin sabes cómo es», pensó Alex, pero no le gustó verla dolida.

–Entonces, lo que Carlos oyó, lo que yo oí… ¿Tu padre no tenía una aventura?

–No.

–¿Y de qué estabais discutiendo?

–De nada importante, déjalo estar, Yelena.

Ella lo conocía bien y supo que había algo que le había hecho mucho daño.

–Cuéntamelo, Alex, por favor.

–¡Te he dicho que lo dejes estar! ¡Que nos hayamos acostado no te da derecho a meterte en mi vida!

Yelena se sintió como si acabasen de darle una bofetada.

–Así que sólo me quieres para acostarte conmigo, ¿no? Creo que debería marcharme.

Tomó su vestido, ruborizada.

Él gimió, por fin había conseguido lo que quería, apartarla de su vida.

–Yelena, no tienes que…

Ella lo fulminó con la mirada mientras se vestía.

–Me vuelvo a casa mañana. Tengo que centrarme en tu campaña.

Luego salió corriendo hacia la puerta. Una vez allí, miró hacia atrás.

Alex había tomado el mando a distancia y estaba viendo la televisión. El corazón se le rompió, pero salió por la puerta y la cerró con cuidado tras ella.

Yelena se detuvo en el pasillo y apoyó una mano en la puerta.

–Te quiero.

Quiso gritarlo en vez de decirlo en un susurro. Amaba a Alex Rush.

Entendía a Alex mejor de lo que él pensaba. Era un hombre muy orgulloso y no podía perdonar que hubiesen atacado a su familia.

Yelena llegó a la puerta de su habitación y buscó la tarjeta en el bolso. Se sintió culpable mientras entraba. Alex no le mentiría con respecto a Carlos. No acerca de algo tan importante. Y ella misma lo había oído. Su hermano estaba detrás de esos horribles rumores, había querido acabar con la reputación de Alex, pero también con la de Pam y la de Chelsea. Tres personas inocentes.

Y luego estaba su secreto. ¿Cómo se lo tomaría Alex?

Despertó a Jasmine, que se había quedado dormida en el sofá, y luego se dio una ducha rápida. Mientras se lavaba el olor de Alex de la piel, pensó que lo amaba.

Se pasó una hora tumbada en la cama, despierta, hasta que oyó a Bella y se levantó, aliviada, para ir a su habitación y tomarla en brazos.

Le preparó un biberón y se sentó en el sofá con ella.

—¿Me equivoco al no querer contárselo, Bella? —le preguntó a la niña—. Le prometí a Gabriela que guardaría nuestro secreto y te cuidaría… Alex todavía piensa que eres mía.

Después de pasarse la noche casi sin dormir, Yelena decidió centrarse en su trabajo, pero en vez de ir a su despacho, se fue a desayunar a Ruby's.

Se sentó y abrió el ordenador para ver las noticias por Internet, y nada más conectarse vio un artículo en el que se decía que Alex y ella tenían una relación.

–Yelena, ¿tienes un minuto?

Yelena levantó la vista y vio a Pam, que llevaba puestas unas enormes gafas de sol. Algo iba mal.

Ella sonrió y cerró el ordenador.

–Por supuesto. Siéntate. ¿Quieres tomar algo?

–Un té con hielo –dijo Pam automáticamente, sonriendo al camarero que acababa de acercarse.

Yelena esperó a que Pam se quitase las gafas y las dejase encima de la mesa.

–Te marchas hoy –le dijo ésta después de unos segundos.

–Sí –contestó ella–. Voy a necesitar formar un equipo para seguir trabajando.

–¿Y a Alex le parece bien? –preguntó Pam sorprendida.

–Lo de anoche fue sólo el principio. Todavía tengo mucho trabajo –contestó ella.

–Qué pena. Chelsea y tú os entendéis tan bien.

–Es una chica estupenda.

Pam asintió.

–Gracias. Ha estado enfadada durante mucho tiempo, y no quería hablar con nadie hasta que llegaste tú. Por eso he venido –admitió Pam–. Necesito que organices una entrevista.

–¿Para ti? –le preguntó Yelena.

Pam asintió. En su mirada había orgullo, sinceridad. Y miedo.

–¿Lo sabe Alex?

–No. Intentaría convencerme de que no lo hiciera –admitió Pam–. Lo quiero, Yelena, pero se responsabiliza demasiado de su familia. Siempre ha sido mi pequeño protector, desde que era niño. Necesito hacer esto por mí.

–Está bien.

–Gracias –le dijo Pam, haciendo un silencio antes de continuar–. También quería hacerte una pregunta personal. Lo siento, pero llevo dándole vueltas desde que llegaste.

–Sea lo que sea, intentaré responderte –le dijo Yelena.

–Tengo que saberlo. Es tu… Quiero decir, antes de esto, ¿Alex y tú…?

–No –respondió Yelena–. ¿Por qué lo preguntas?

–Gracias por ser sincera. Es evidente que mis ojos me han jugado una mala pasada. Desde que vi a tu hija… –se echó a reír, como avergonzada–. Bueno, Bella es idéntica a Alex y a Chelsea de bebés, la misma nariz, la misma barbilla. Y me he dado cuenta de que hay química entre Alex y tú. Será que tengo muchas ganas de ser abuela –se levantó de la silla–. Será mejor que te deje volver al trabajo. Gracias.

Yelena vio marchar a Pam. Frunció el ceño. Era raro. Muy raro. Como si Bella pudiese ser…

De repente, una idea terrible, ridícula, la asaltó. No podía ser, Gabriela se lo habría dicho.

No era posible que su hermana le hubiese mentido mientras se desangraba en el pequeño hospital, nada más dar a luz. Aunque también era posible que Gabriela no supiese quién era el padre de la niña.

Abrió su diario y buscó el calendario del año anterior, contando.

Alex y Gabriela habían salido juntos desde el mes de mayo. Fijó la vista en el mes de julio, en el que habían ocurrido muchas cosas. Gabriela había vuelto de Madrid, había tenido lugar el baile de la embajada. Alex la había besado.

¿Qué se suponía que debía hacer después de aquello?

Capítulo Trece

Emocionalmente agotada, Yelena ni se inmutó cuando vio al chófer de su familia nada más llegar al aeropuerto de Canberra. Se metió en el coche de su padre y sentó a Bella para recorrer en silencio el trayecto hasta la residencia de los Valero, situada en el lujoso barrio de Yarralumla.

Al llegar frente a la casa, el coche se detuvo y Yelena bajó con Bella en brazos. Observó la construcción, impresionante, pero nunca había sido su casa, sino la de sus padres.

En el salón, sentada en el sofá estaba su madre, con las piernas cruzadas a la altura de los tobillos y la falda tapándole las rodillas. Su padre estaba detrás, serio, con el ceño fruncido. A la izquierda, Carlos estaba apoyado en la barra, con un vaso lleno de un líquido color ámbar en la mano.

–¿Qué es esto, una reunión? –bromeó Yelena, agarrando con fuerza a Bella.

Una empleada entró en el salón y esperó. Yelena frunció el ceño.

–Deja que Julie se ocupe del bebé –le ordenó su padre.

–¿Por qué? –quiso saber ella.

–Porque tenemos que hablar.

–Pues habla –replicó Yelena, fulminando con la mirada a Julie, que se había ruborizado.

–Dios –dijo Juan, suspirando y haciendo un gesto a la muchacha para que se marchase–. Vale. No hace falta que te recuerde, Yelena, que no estoy contento con tu relación con Alexander Rush.

Yelena miró a Carlos, que también la miró mientras bebía de su vaso.

–No sólo te afecta a ti –continuó su padre–. Nos afecta a toda la familia.

–¿Cómo?

–La gente habla, Yelena –intervino María–. Tu padre, esta familia, tiene que mantener una reputación en esta comunidad. Los rumores y las malas lenguas pueden dañarla de manera irreparable.

–¿Como ocurrió con los rumores relacionados con las infidelidades de William Rush?

No fue a su madre a quien quiso atacar Yelena con el comentario, pero su cambio de expresión la dejó satisfecha. Carlos había entrecerrado los ojos un momento.

–Sí –contestó Juan–. Cuanto más trates con los Rush, más daño nos causarás.

Yelena suspiró y acarició a Bella. Estaba cansada de juegos.

–Siento que opines así, papá. Bennett & Harper ha firmado un contrato…

–Pues incúmplelo. Nadie es indispensable, seguro que puedes pasarle el trabajo a otra persona.

Yelena se sintió insultada y notó que se ruborizaba.

–No, papá. Aunque quisiera, mi ascenso depende de esta campaña.

–No te he *pedido* que lo dejes, Yelena –le advirtió Juan.

–Entonces, ¿tus deseos son más importantes que mi carrera, que mi vida?

–Estamos hablando del apellido Valero –comentó Carlos–. De nuestra reputación, de…

–¡Estoy harta de oír eso! –espetó ella–. En especial, viniendo de ti, que te aferras a la inmunidad diplomática cada vez que te ponen una multa por exceso de velocidad.

–Yelena –la reprendió su padre.

–Agobiaste a Gabriela durante años con el rollo de la reputación, ¿y qué conseguiste?

–¡Yelena! –exclamaron María y Juan al unísono.

–Está muerta. Y todavía os sentís tan avergonzados de ella que os negáis a hacerlo público. A pesar de todo lo que hizo, a pesar de que os decepcionó, yo la quería –dijo, y la voz se le quebró en ese momento.

–Por supuesto que la querías. Todos la queríamos –dijo Carlos enseguida.

–Pero era imposible de controlar, egoísta –añadió su madre–. Incluso cuando nos trasladamos aquí, siguió siendo una chica temeraria. Y tú lo sabes.

–Cuando tenía dieciséis años –replicó Yelena, exasperada–. Después quiso dejar su pasado atrás, pero vosotros no se lo permitisteis.

–¡Ya es suficiente, Yelena! –rugió su padre, sobresaltándolos a todos.

Un segundo después, Bella empezó a lloriquear.

Yelena se la cambió de hombro y le dio unas palmaditas en la espalda.

—A todos os venía bien utilizarla como ejemplo, pero no se lo merecía. Era mi hermana. Y si así es como tratáis a la gente en esta familia, prefiero no formar más parte de ella.

Todos la miraron sorprendidos durante varios segundos y Yelena sintió que había ganado.

Se dio la vuelta, salió del salón y anduvo por el pasillo. Después abrió la puerta principal de la casa y una ráfaga de aire frío le golpeó la cara.

«¿Qué has hecho?», se preguntó.

Sintió pánico, tuvo dudas, pero siguió adelante. Bajó las escaleras y fue hacia el coche que seguía esperándola.

«Lo has hecho. Eres libre». Y en vez de sentirse sola, se sintió aliviada y contenta.

Apretó a Bella contra su pecho. Estaba sola y, sí, tenía miedo a lo desconocido, pero ya lo había superado antes. Volvería a hacerlo.

—¡Yelena!

Se giró y vio a Carlos, que corría hacia ella. Se detuvo justo delante y sonrió.

—Mira, creo que te debo una disculpa.

—¿Por qué? —le preguntó ella.

—Por lo que ocurrió el sábado por la noche. Había tomado un par de copas y las cosas se me fueron de las manos.

Yelena se quedó en silencio, seguía dolida con él.

—Lo siento, ¿de acuerdo? —repitió Carlos, dedicándole una encantadora sonrisa.

Ella, en vez de sonreírle también, se mantuvo impasible.

—Espera, deja que te ayude —le dijo, abriéndole la puerta del coche.

Yelena se preguntó qué querría con aquel comportamiento.

—¿Todavía… lo estás viendo? —preguntó Carlos por fin.

Ella dejó al bebé en la sillita del coche y respondió:

—Es mi cliente.

—Entonces, deberías saber que me ha llamado esta mañana y me ha amenazado.

Yelena pensó que aquél no era el estilo de Alex, pero no se lo dijo a su hermano.

—¿Y por qué me lo cuentas? —le preguntó en su lugar.

—Porque necesito tu ayuda. Sé que es mucho pedir… y en otras circunstancias no lo haría…

—Carlos…

—Si pudieras hablar con él, convencerlo tal vez de que no…

—No —lo interrumpió ella, poniéndose las gafas de sol—. Te lo diré sólo una vez. El sábado os oí a Alex y a ti. Y aunque seas mi hermano y te quiera, no puedo confiar en ti. Has hecho daño a demasiadas personas, incluida yo, así que no puedo ayudarte.

Yelena se giró para entrar en el coche y Carlos golpeó la ventanilla con la mano.

—¿Así que lo prefieres a él, antes que a tu familia?

Ella suspiró. Ya no podía tener más roto el corazón.

–Sí.

Carlos se quedó sorprendido y ella no sintió ninguna satisfacción al verlo a través de la ventanilla. El coche se alejó por última vez de allí y ella supo dónde tenía que estar: con personas que necesitasen su amor y su apoyo, personas que se habían visto muy perjudicadas por alguien a quien ella había querido. Tenía que reparar el daño que se había hecho.

Y, poco a poco, el dolor de su corazón empezó a menguar.

Capítulo Catorce

Era martes. Hacía dos días que se había marchado Yelena. Habían sido dos días muy duros, llenos de trabajo y mucho café. Dos días sin Yelena.

Llevaba una hora subido en su moto, en la carretera, pero por lejos que fuese, no podría dejarla atrás. No podía olvidar la última noche que habían pasado juntos. Y no podía evitar querer cosas, cosas que Yelena podía darle.

Recordó su vientre perfecto, sus caderas perfectas, sus pechos perfectos. Y, entonces, frunció el ceño. Toda su piel era perfecta. No había en ella estrías, ni la cicatriz de una cesárea.

Entonces sintió ira, y después, dolor. Yelena le había mentido.

Volvió a subirse a la moto y volvió a Diamond Bay. Tenía que saber la verdad.

Al llegar al complejo, entró en el despacho que le había asignado a Yelena, que estaba vacío, sacó su teléfono móvil y fue a marcar, pero entonces le llegó un mensaje: *Entrevista de Pamela Rush.*

Se suponía que su madre y su hermana estaban de compras en Sydney. Sintió pánico, notó cómo se le aceleraban el corazón y la respiración. Continuó leyendo el mensaje de una tal Leah Jackson, de Bennett & Harper.

Era confidencial, así que se lo debían de haber mandado a él por error. Al bajar en el mensaje, Alex encontró el mensaje original que Yelena había enviado a la productora del programa:

Gracias por hacernos un hueco el martes, Rita. Mi clienta está deseando que el público oiga su historia y estoy segura de que estarás de acuerdo conmigo en que es una historia increíble. Gracias por darnos el visto bueno final, estoy segura de que no habrá ningún problema.

Alex se dejó caer en el sillón. Y un segundo después, estaba hablando por teléfono:

–Soy Alex Rush. Organizadme un coche y preparad el avión. Quiero salir para Canberra en veinte minutos.

Yelena observó cómo maquillaban a Pam.

–¿Estás segura de que quieres que esté aquí, contigo?

–Por supuesto, todo esto es posible gracias a ti –le respondió ella.

No obstante, Yelena se sentía culpable. Alex era su cliente, y la acusaría de haber hecho aquello a sus espaldas. Y tendría razón. Pero ella era humana. Y Pam tenía derecho a contar su verdad.

Yelena tenía la cabeza hecha un lío, entre Alex, su hermano, la entrevista que Pam iba a dar. Y el hecho de que Alex pudiese ser el padre de Bella.

«Lo amas. Tienes que contárselo», le decía su conciencia.

Levantó la vista y vio a Grace Callahan sentándose enfrente de Pam para empezar la entrevista. Unos segundos después, empezaban a grabar.

–Pamela Rush, ¿podría empezar contándonos por qué decidió darnos esta entrevista después de tantos meses de silencio?

Chelsea, que también estaba allí, le apretó la mano a Yelena y ésta intentó tranquilizarla con una sonrisa. No podía evitar estar triste, a pesar de ser un gran momento para su carrera, así como para Pam y para Chelsea.

Si aquellas dos mujeres podían tomar el control de sus vidas y hacer las cosas bien, ¿por qué no iba a hacerlo ella también?

Eran casi las cinco de la tarde cuando la entrevista terminó y el equipo se marchó de casa de Pamela.

–¿Qué le va a pasar a mamá ahora? –preguntó Chelsea–. ¿Va a ir a la cárcel?

–No lo sabemos –respondió Yelena–. George dice que depende de lo que la policía quiera hacer.

–Mañana mismo iré a declarar a comisaría –les dijo Pam.

–Pero podrían detenerte –dijo su hija.

–Sí, es posible.

Chelsea agarró la mano de su madre con firmeza.

–No te preocupes, Chelsea –le dijo Yelena sonriendo–. Lo solucionaremos. George es uno de los mejores. Haremos todo lo posible por que tu madre no entre en la cárcel. Yo os apoyaré.

Después de darles varios abrazos, Yelena se marchó, dejando a Pam y a Chelsea solas.

Media hora más tarde, llegaba a su casa.

Justo enfrente de su edificio había aparcado un Mercedes azul marino y, apoyado en él, un hombre al que conocía muy bien.

–¡Alex! ¿Qué estás haciendo aquí? –le preguntó.

Sin contestar, Alex le enseñó el mensaje que tenía en su teléfono móvil.

–Sube al coche, Yelena –le ordenó después.

Ella asintió y subió al coche. Esperó a que Alex desatase su furia, sus acusaciones y exigencias contra ella. Después del día que había tenido, estaba completamente preparada para aceptar lo que tuviese que llegar.

–Habéis hecho la entrevista a pesar de que te dije que no quería entrevistas –empezó Alex–. ¿Por qué?

–Porque así lo decidió Pam, Alex.

–Pero yo no te contraté para eso.

–Era lo que ella quería.

–Y en vez de venir a contármelo, he tenido que enterarme de casualidad.

–Eso fue un error…

–Ah, y eso lo hace menos malo. No pienses que lo sabes todo de mi vida, Yelena.

–¿Cómo voy a saberlo todo si tú no me lo cuentas? Sé que tu padre controlaba vuestras vidas. Sé que pegaba a Pam. Sé que te pegó a ti hasta que tuviste edad para defenderte –hizo una pausa antes de continuar–. Y que no te fuiste de casa porque temías que empezase con Chelsea…

–Para –le advirtió él.

–Esa noche en tu despacho, le estabas diciendo a tu padre que dejase en paz a tu madre, ¿verdad?

–¡Te he dicho que pares!

Yelena vio que se ponía tenso y se quedó mirándolo hasta que su expresión empezó a suavizarse y se tornó en una expresión de angustia, y luego, de horror.

–Yelena, yo… no pretendía… Jamás te pondría la mano encima, y lo sabes.

Ella respiró una vez, luego otra.

–Lo sé.

–Nunca pegó a Chelsea –le contó Alex–. Ella lo adoraba. Y yo le cubrí las espaldas al muy cerdo para no disgustar a mi hermana.

–Chelsea lo sabía, Alex. Lo vio un mes antes de la muerte de tu padre –le dijo ella.

–Esa noche, estuve contigo… cuando llegué a casa… –Alex se pasó la mano por la cara.

–Cuéntamelo. Cuéntame qué pasó, Alex.

–¡No lo sé! –exclamó él, golpeando el salpicadero–. Cuando llegué estaba en la piscina. Y mamá…

–No se quedó dormida viendo la televisión, como le contó a la policía…

Él no dijo nada, se quedó mirando por la ventanilla. Yelena apoyó una mano en su pierna para reconfortarlo, pero fue como tocar una barra de acero forjado.

–Alex. No estás solo en esto. Quiero estar contigo.

Él giró la cabeza con tanta rapidez que la sobresaltó.

–¿Cómo vas a querer estar conmigo si me has mentido? –inquirió–. Si me sigues mintiendo.

–Yo…

–Me hiciste creer que Bella era tuya.

–Y lo es, Alex. Mi nombre está en su partida de nacimiento. Soy quien la está criando, quien la quiere.

–Pero no eres su madre biológica.

–No.

–¿Es de Gabriela? –preguntó Alex.

–Sí –se limitó a contestar ella.

–¿Y por qué no me lo dijiste?

Yelena notó que los ojos se le llenaban de lágrimas.

–Porque Gabriela me lo hizo prometer antes de morir. La noche en que murió tu padre… Gabriela tenía una relación con Salvatore Vitto.

–¿El capo de la droga? –preguntó él con el ceño fruncido.

Ella asintió.

–Gabriela no tenía ni idea de quién era. Se habían visto varias veces a lo largo de los años. Cuando se enteró de su identidad, quiso romper con él, pero la secuestró. Fue entonces cuando me llamó, se había escapado. Pasamos semanas recorriendo Europa para que perdieran nuestra pista. Y terminamos en Alemania.

Yelena recordó el horror de esas últimas semanas y se puso a temblar.

—Bella nació el dieciocho de marzo, en una pequeña clínica alemana en la que registramos a Gabriela con mi nombre. Vitto es una mala persona y Gabriela pensaba que la mataría y se llevaría a la niña si se enteraba de que estaba embarazada.

—¿Y por qué no volvisteis a casa antes de que naciese Bella?

—Porque Vitto tenía el pasaporte de Gabriela. Cuando conseguimos uno nuevo en la embajada, en Alemania, a Gabriela ya se le notaba mucho el embarazo y no quiso volver. Ya sabes lo cabezota que era.

Él asintió y sonrió un poco.

—Ya puedes imaginarte cuál habría sido la reacción de mis padres si hubiese vuelto embarazada y sin casarse.

—Así que volviste tú y dijiste que era tu hija.

—Tenía que proteger a Bella.

Yelena pensó que había llegado el momento. Respiró hondo y lo miró a los ojos.

—¿Alex? Tengo que contarte algo más.

Él rió con ironía.

—Claro que sí, lo que quieras.

—Arriba.

Él miró hacia los ascensores, luego a ella. Yelena asintió. También había llegado su momento.

Capítulo Quince

Una vez en su salón, Yelena decidió ir despacio.

—Alex, ¿te acostaste alguna vez con Gabriela?

—¿Qué tipo de pregunta es…?

—Por favor, Alex, necesito saberlo.

Él frunció el ceño.

—Una vez. En el baile que se celebró en julio en la embajada. Después de que tú y yo nos besásemos. Había bebido y…

Alex dejó de hablar. Palideció.

—¿Piensas que Bella es mía?

—Di por hecho que Vitto era el padre, y creo que mi hermana también, pero las fechas encajan. Y tu madre comentó que Bella se parecía a Chelsea y a ti cuando erais bebés.

Él empezó a ir y a venir por el salón, se pasó una mano por el pelo. Llegó hasta la zona de la cocina y golpeó la encimera con ambos puños.

—Si quieres, podrían darnos los resultados de una prueba de ADN en diez días —sugirió Yelena en voz baja.

Alex se agarró a la encimera y bajó la cabeza. Ella esperó a que dijese algo. Lo había hecho bien, ¿por qué se sentía como si hubiese puesto toda su vida patas arriba?

Ambos se sobresaltaron cuando llamaron a la puerta.

Era Melanie, con Bella en brazos.

—Creí haberte oído llegar y…

—¿Te importa darme media hora más, Mel? —le pidió Yelena.

—De acuerdo.

Cuando la vecina se marchó, Yelena cerró la puerta y se giró hacia Alex, que estaba de espaldas, observando las fotografías que tenía puestas encima del aparador.

Ella se acercó con curiosidad.

Alex tenía en la mano un marco de plata con una fotografía de Bella. Miró a Yelena.

—Pensaba que lo había matado ella —dijo.

Yelena tardó unos segundos en darse cuenta de que estaba hablando de sus padres.

—Alex, Pam lo hizo por ti, para que nadie vuelva a sospechar de ti. Según la autopsia, la hora de la muerte fue las once y veinte.

—Así que, si mi madre hubiese llamado a una ambulancia, todavía estaría vivo.

—Tal vez. Es difícil saberlo.

—Pensaba…

—¿Que ella lo había empujado a la piscina?

Él asintió, mirando la fotografía de Bella antes de volver a dejarla.

—Y por eso guardaste silencio, para encubrirla.

Él no respondió, fue a sentarse en el sofá.

—Alex. Tu madre va a ir a declarar mañana y vamos a contar con un buen abogado, pero lo que más necesita es tu apoyo.

–Por supuesto.

Yelena deseó abrazarlo, calmar su dolor hasta que volviese a ser el Alex al que ella había conocido, risueño y bromista, que había coqueteado con ella y que le había hecho el amor apasionadamente.

–Alex… ¿Quieres que haga la prueba de ADN? Aunque también comprendería que no quisieras.

Él se levantó con rapidez.

–Yelena, ¿de verdad piensas que podría vivir sin saberlo? ¿Que podría ignorar a mi hija?

Ella se quedó horrorizada al darse cuenta de que, si Alex se empeñaba, podría quitarle a Bella.

Él la vio palidecer.

–¿Qué te pasa, Yelena? –le preguntó, mirándola a los ojos–. No voy a quitarte a Bella.

–No, claro que no –replicó ella, fulminándolo con la mirada.

Él sonrió. Aquélla era su Yelena.

–Te quiero –añadió.

Ella se quedó petrificada. Hasta el propio Alex estaba sorprendido. No había pretendido decírselo allí, pero habría sido un cobarde si no lo hubiese hecho.

Yelena se giró, con los brazos cruzados y la cabeza agachada. No dijo nada y Alex sintió que iba perdiendo el control. Se lo había dicho y no había obtenido respuesta.

–No, Alex. Mi hermano está intentando destruir a tu familia… –dijo ella por fin.

–Esto no tiene nada que ver con Carlos.

Yelena se giró y lo miró con escepticismo. Y eso le dolió.

–Le he llamado esta mañana y le he ofrecido un trato. Y ha aceptado, pero ahora no quiero hablar de tu hermano –añadió–. Esto no tiene nada que ver con él. Yo…

Hizo una pausa, se aclaró la garganta, dio un paso al frente y la agarró por las muñecas. Cuando se miraron a los ojos, a Alex se le aceleró el pulso. Había llegado el momento de la verdad.

–Sólo tiene que ver contigo y conmigo. Eres fuerte, leal y apasionada –le dijo, acariciándole la mejilla–. Mi madre y mi hermana te adoran. Te has convertido en su amiga.

Respiró hondo, intentó mantener el control. Entonces la abrazó.

–Yelena, me encanta estar contigo, me encanta hacerte el amor. Me encantaría pasar toda la vida contigo. Te quiero –le dijo, limpiándole con el dedo una lágrima que le surcaba el rostro.

Luego esperó. Por fin, Yelena levantó la vista. Tenía los ojos llenos de lágrimas, pero sonrió de oreja a oreja y a Alex se le detuvo el corazón.

–Yo también te quiero.

–Te he querido desde el momento en que te vi, Yelena Valero.

Ella sintió amor, esperanza y deseo juntos.

Alex le besó hasta hacerla temblar. Luego tomó su generoso pecho con la mano.

–Yelena, ¿tienes idea de cómo me haces sentir?

–Sí –respondió ella, sonriendo con satisfacción.

Alex le levantó la falda mientras ella le desabrochaba el cinturón. Cuando le metió la mano por debajo del pantalón, fue como si el mundo dejase de girar.

–Yelena –consiguió decir Alex con voz ronca.

No necesitaba decir más. Yelena se quitó los zapatos y las medias en tiempo récord, y luego fue hacia el sofá, con él.

Volvieron a besarse con urgencia, entonces Alex se quitó los pantalones y la tumbó sobre los cojines.

Se puso encima de ella e intentó grabar en su mente sus labios carnosos, sus pómulos marcados, sus ojos negros de deseo. Y la masa de rizos morenos sobre los almohadones.

Entonces la penetró y ella dio un grito ahogado y abrió los ojos un momento, para después volverlos a cerrar.

–Alex –murmuró, abrazándolo por el cuello.

Y empezaron a moverse juntos hasta ponerse a sudar. Luego Alex la agarró y cambió de postura para que Yelena se pusiera encima, y él llegó más hondo que nunca.

Yelena dejó escapar un grito ahogado y Alex la agarró por la cintura para ayudarla a moverse, hipnotizado con la expresión de placer que había en su rostro.

Alex gimió al llegar al clímax y ella siguió moviéndose hasta que, unos segundos después, se desplomó sobre su pecho, temblando de placer.

Se quedaron allí tumbados hasta que sus corazones volvieron a latir con normalidad, hasta que los sonidos del mundo exterior volvieron a filtrarse en el suyo.

Entonces, Yelena se tumbó de espaldas y suspiró satisfecha.

–Prométeme, mi amor –le dijo él, dándole un beso en la frente–, que algún día haremos el amor en una cama.

Ella le sonrió, feliz.

–Trato hecho –contestó.

Epílogo

Dos semanas después, Yelena apoyó la cabeza en el codo y se tapó los pechos con las sábanas mientras suspiraba satisfecha.

–Ha tenido que ser el mejor descanso para comer del mundo.

Alex se echó a reír y ella apoyó una mano en su pecho caliente, sudoroso después de haber el hecho el amor.

Entre el montón de ropa que había tirado en el suelo, sonó un teléfono.

–Es el tuyo –dijo Yelena–. ¿Y el mío?

–Eso parece –dijo Alex, apartando la sábana y levantándose. Y a Yelena se le secó la boca al verlo allí desnudo.

Se levantó ella también y buscó su teléfono.

–¿Dígame?

Cuando colgó, Alex estaba sentado en el borde de la cama, con los calzoncillos puestos, sonriente.

–Era mamá, el fiscal jefe quiere llegar a un acuerdo.

–¿De verdad? –dijo Yelena, tirando su teléfono encima de la cama–. ¿Y qué va a pasar ahora?

–El abogado de mamá nos lo explicará todo mañana, pero no habrá cárcel –anunció Alex.

–Eso es maravilloso –le dijo ella, tocándole la mano–. Me alegro por Pam. Y por ti.

Yelena le dio un beso y él respondió de buena gana, pronto empezaron a acariciarse.

–¿Alex? –le dijo ella, mientras Alex la besaba en el cuello.

–¿Sí?

–¿No quieres saber quién me ha llamado a mí?

–La verdad es que no –contestó él, sonriendo contra su piel.

–Era… –dijo ella, dando un grito al notar que le mordisqueaba un pezón– Jonathon.

Él murmuró algo ininteligible.

–He dimitido. He dejado tu campaña.

–¿Qué? ¿Por qué? Querías ese ascenso –dijo Alex, confundido.

–Sí, pero no está bien visto que me acueste con un cliente y, de todos modos, me gusta la idea de ser mi propia jefa. Quiero montar mi…

Alex la apretó contra su cuerpo, giró y la colocó debajo de él.

–Y yo te quiero a ti.

–Pues será mejor que hagas algo, ahora que me tienes.

Alex la besó hasta que ambos estuvieron completamente excitados. Entonces, Yelena le dijo:

–Otra cosa más. Ha llegado hoy.

Él contuvo la respiración. No necesitaba que Yelena le dijese más. Ella tomó un sobre que estaba encima de la mesita de noche y se lo tendió.

–¿Quieres abrirlo?

Él asintió despacio, lo abrió y desdobló los papeles que había dentro en silencio. Yelena jugueteó con su colgante y se mordisqueó el labio inferior mientras él leía.

–¿Y, entonces, qué dice?

–Que Bella es mía.

Alex sintió alegría y sorpresa al mismo tiempo y sonrió de oreja a oreja.

–Entonces, estás contento –dijo Yelena.

–Yelena, mi amor, estoy más que contento.

La abrazó y le dio un beso en los labios, y ella respondió sin dudarlo.

Luego, Alex se apartó y le quitó el pelo de la cara.

–Te quiero, Yelena.

–Y yo te quiero a ti.

–¿Sabes qué falta para que este momento sea perfecto? –le preguntó Alex.

–¿Comida?

–No –contestó él riendo–. Estaba pensando en la boda, pero también podría comerme una hamburguesa…

–¿Lo dices en serio? –preguntó ella con los ojos muy abiertos.

–Sí. La verdad es que tengo bastante hambre.

–¡Alex! –exclamó Yelena, dándole un golpe en el hombro. Luego, se puso seria–. Mi hermano va a arruinarte.

–Y a mí me sorprende que me hayas elegido a mí –respondió él, acariciándole la mejilla.

–Pues no ha sido nada difícil –respondió ella, mirándolo a los ojos y sabiendo que era verdad.

–Entonces, ¿no crees que va siendo hora de que formes parte de mi familia?

Ella le dio un beso en los labios.

–Te quiero, Alex. Y me casaría contigo mañana mismo si pudiésemos.

Él la abrazó.

–Seguro que podemos idear algo –le susurró al oído.

Mientras se dejaba llevar por el deseo, Yelena se dio cuenta de que, a pesar de las pruebas que le había puesto la vida, a pesar de las dificultades, todavía había fantasías que se hacían realidad. Y luego dejó que Alex le enseñase algunas de las suyas.

Deseo™

Antiguos secretos

KATHERINE GARBERA

Henry Devonshire era el hijo ilegítimo de Malcolm Devonshire, dueño de Everest Records. Henry era un hombre irresistible, cuyo objetivo consistía en convertirse en el heredero del imperio de su padre moribundo. La única persona que podía ayudarle a conseguirlo era Astrid Taylor, su encantadora asistente personal; sin embargo, no contaba con la atracción que experimentaría hacia ella y que podía costarle a Henry, literalmente, una fortuna.

¿Sería acertado mezclar los negocios con el placer?

Acepte 2 de nuestras mejores novelas de amor GRATIS

¡Y reciba un regalo sorpresa!

Oferta especial de tiempo limitado

Rellene el cupón y envíelo a
Harlequin Reader Service®
3010 Walden Ave.
P.O. Box 1867
Buffalo, N.Y. 14240-1867

¡Si! Por favor, envíenme 2 novelas de amor de Harlequin (1 Bianca® y 1 Deseo®) gratis, más el regalo sorpresa. Luego remítanme 4 novelas nuevas todos los meses, las cuales recibiré mucho antes de que aparezcan en librerías, y factúrenme al bajo precio de $3,24 cada una, más $0,25 por envío e impuesto de ventas, si corresponde*. Este es el precio total, y es un ahorro de casi el 20% sobre el precio de portada. ¡Una oferta excelente! Entiendo que el hecho de aceptar estos libros y el regalo no me obliga en forma alguna a la compra de libros adicionales. Y también que puedo devolver cualquier envío y cancelar en cualquier momento. Aún si decido no comprar ningún otro libro de Harlequin, los 2 libros gratis y el regalo sorpresa son míos para siempre.

416 LBN DU7N

Nombre y apellido	(Por favor, letra de molde)
Dirección	Apartamento No.
Ciudad	Estado	Zona postal

Esta oferta se limita a un pedido por hogar y no está disponible para los subscriptores actuales de Deseo® y Bianca®.
*Los términos y precios quedan sujetos a cambios sin aviso previo.
Impuestos de ventas aplican en N.Y.

SPN-03   ©2003 Harlequin Enterprises Limited

Bianca™

¡Un ama de llaves… convertida en la amante del famoso italiano!

Aunque Sarah Halliday es muy sencilla, su peligrosamente atractivo nuevo jefe, Lorenzo Cavalleri, no está contento con que se limite a limpiar los suelos de mármol de su *palazzo* de la Toscana…

Un perfecto maquillaje y los preciosos vestidos que perfilan su figura la hacen apta para acompañarlo a diversos actos sociales, pero en el fondo, Sarah sigue siendo la vergonzosa y retraída ama de llaves de Lorenzo… y no la sofisticada mujer que éste parece esperar en la cama.

Al servicio del italiano

India Grey

Deseo™

Despertar de nuevo

MICHELLE CELMER

Tras una exhaustiva búsqueda, Ash Williams, gerente de Maddox Communications, había encontrado por fin a su amante desaparecida, Melody Trent, que lo había abandonado sin darle explicaciones.

Melody había sufrido un accidente y padecía amnesia, pero Ash estaba decidido a recuperarla y a descubrir los secretos que la habían llevado a alejarse de él; para ello sólo había una forma: hacerse pasar por su prometido y fingir que mantenían una sólida relación sentimental.

¿Podría enfrentarse aquel director financiero con aplomo y profesionalidad a los dictados de su corazón?